এবার চলো পাল্টাই

মানবেন্দু সমাজপতি

কভার ইলাস্ট্রেশন

সৌম্যদীপ ঘোষ

অভ্যন্তরীণ ইলাস্ট্রেশন

দীপ্তেন্দু সমাজপতি

notionpress.com

INDIA · SINGAPORE · MALAYSIA

Notion Press Media Pvt Ltd

No. 50, Chettiyar Agaram Main Road,
Vanagaram, Chennai, Tamil Nadu – 600 095

First Published by Notion Press 2022

ISBN
Paperback 979-8-88530-404-7
Hardcase 979-8-88546-888-6

লেখকের পরিচিতি

লেখক ফাইনান্সিয়াল ম্যানেজমেন্ট এবং কোম্পানির আর্থিক হিসাব নিকাশ সংক্রান্ত প্রফেশনের সঙ্গে বরাবর নিবিড়ভাবে যুক্ত। কয়েকটি প্রতিষ্ঠিত ব্যবসায়িক প্রতিষ্ঠানের সঙ্গে কর্মসূত্রে যুক্ত ছিলেন এবং ডাইরেক্টর ফাইনান্স হিসাবে সর্বোচ্চ বোর্ডের সদস্য হিসাবে কাজ করেছেন প্রায় দেড়যুগ ধরে। অবসরের সময় বোর্ডের চেয়ারম্যান হিসাবেও কাজ করেছেন। কর্মক্ষেত্র ছড়িয়ে ছিল ভারতবর্ষের অনেকখানি জুড়ে তাই কর্মসূত্রে অনেক জায়গায় ঘোরাঘুরি এবং কাছ থেকে জানার সুযোগ। বিদেশেও অনেক দেশ ঘোরার এবং কাছ থেকে তাদের সম্বন্ধে জানার সুযোগ হয়েছে। মানুষ এবং সমাজের বিষয়ে নানা রকম অভিজ্ঞতায় ভরা ঝুলি তাঁকে অবশেষে কলম ধরতে বাধ্য করে। এর পরে আরও একটি বই, ছোট গল্প এবং কবিতা সংকলন, প্রকাশের ইচ্ছা থাকল।

উৎসর্গ

পাঁচজন নারীর জীবনের কিছু ঘটনা, যা তাদের জীবনের চলার পথে ঝড় তুলেছে আর ঘন কালোমেঘে চারপাশ আবৃত করেছে, যার বিরুদ্ধে তাদের জীবন সংগ্রাম এবং পরিণতিতে সমাজের কাছে পৌঁছে যায় পরিবর্তনের কঠোর বার্তা। এই বই তাই উৎসর্গ করা হল আমার দুই মায়ের উদ্দেশ্যে, আমার জন্মদাত্রী মা এবং আমার ভীষণ কাছের শাশুড়ি মাতা, যিনি আমাকেও তাঁর সন্তান মনে করে ভাল বেসেছেন এবং সন্তানস্নেহে আপন করেছেন। এঁরা দুজনেই জীবনের চলার পথে একের পর এক বাধা বিঘ্নর মুখোমুখি হয়েও কখনও ভেঙ্গে পরেন নি। সংগ্রামী মনোভাবের জোরে সব বাধা অতিক্রম করে চলার পথকে সবার জন্যে যেন সহজ এবং সুন্দর করে তুলেছেন। মাতৃস্নেহে সবার হৃদয় ভরে দিয়েছেন। জীবনে পাওয়ার হিসেব না মিলিয়ে, সবাইকে সবকিছু শুধু দিয়েই গেছেন। এই মাতৃ রূপই পারবে সমাজকে সঠিক পথে চালিত করতে।

এবং যারা পাশে ছিলেন

এই বইটি অনেকের একান্ত সহযোগিতা এবং একনিষ্ঠ ভাবে পাশে থাকার ফল । পরিবারের সবাই তাদের সাহায্যের হাত বাড়িয়ে দিয়েছে। পুত্র, পুত্রবধূ বড় শ্যালক সবাই পাশে ছিল । তবে দুজনের কথা বিশেষভাবে না বললে আমার কথা অসম্পূর্ণ থেকে যাবে । একজন আমার কনিষ্ঠ পুত্র যার উৎসাহ এবং সহযোগিতা কাজটা অনেক সহজ, সরল করে দিয়েছে। আঁকার হাত যথেষ্ট ভাল এবং এই বইয়ের তার আঁকা সুন্দর, অর্থবহ ছবিগুলো সেই কথাটাই সঠিকভাবে বুঝিয়ে দেয় । আর আমার সঙ্গে হাতেহাত মিলিয়ে একাত্ম হয়ে চার দশকেরও বেশি জীবনের পথে চলা আমার সহধর্মিণীও সবসময় সাহায্যের হাত বাড়িয়ে সঙ্গেই ছিল, উৎসাহেরও অভাব ছিল না ।

সবার এই উৎসাহ ভরা আন্তরিক সহযোগিতা না থাকলে, সব কিছু সুন্দরভাবে গুছিয়ে তোলা বোধহয় এত সহজ এবং সাবলীল হত না । ধন্যবাদ জানিয়ে এই আন্তরিকতার অবমাননা করব না।

সারাংশ

জীবনের চলার পথের আশেপাশে আমাদের অজান্তে অনেক কিছু ঘটে চলে। সব খবর আমাদের কাছে পৌঁছয় না। মান আর হুঁশ নিয়েই মানুষ। মানবিকতার অভাব আর মানসিকতার অশনি সঙ্কেত কিছু জীবনকে যেন ঘন কালো মেঘের আড়ালে ঢেকে দেয়। এইসব মানুষেরা সমাজের কাছে যেন হয়ে ওঠে এক বিভীষিকার মত। এরা জীবনে সবকিছু হারায় আর সত্যের পথে অবিচলভাবে এগিয়ে চলা মানুষজনকে আঘাতে আঘাতে জর্জরিত করতে চায়। এই লড়াইয়ে কে জিতবে তার উপরই স্থির হবে জীবন নদীর ঢেউয়ের ওঠা পড়া আর জোয়ার ভাটার টানাপড়েন। চলার পথের নানা ঘটনা সেই কথাটাই যেন চোখে আঙ্গুল দিয়ে বুঝিয়ে দেয়।

এই সত্যটাই গল্পের পরতে পরতে ফুটে উঠেছে। পাঁচজন নারী, বিভিন্ন বয়সের এবং সমাজের বিভিন্ন স্তরের, কিভাবে সরল এবং সত্যের পথে চলতে গিয়ে অন্যায় আর অবিচারের তীক্ষ্ণ কাঁটার ঘায়ে বারবার জর্জ্জরিত হয়েছে। জীবনে কে কি দিয়েছে তার হিসাব না করে, ক্ষমতা অনুযায়ী অন্যদের জন্য সাহায্যের হাত বাড়িয়েছে। অন্যায়ের সঙ্গে আপসের রাস্তায় হাঁটে নি। অন্যায় আর অবিচারের কালো মেঘ ছড়িয়ে যারা সমাজজীবনের কণ্ঠ রোধ করতে পিছপা হয়নি, শত শত পরিবারকে যেন সুনামির তোড়ে ভাসাতে চেয়েছে, তাদের এরা কক্ষনও ক্ষমা করে নি। নিজেরা শত আঘাত সহ্য করেও, জীবন সংশয়ের মুখে দাঁড়িয়েও এদের বিরুদ্ধে লড়াই করে গেছে। সমাজকে সচ্ছল এবং কলুষমুক্ত রাখার জন্য এরা যেন আগামী প্রজন্মের কাছে প্রতিজ্ঞাবদ্ধ। এদের এই একাগ্র সংগ্রাম সমাজের

প্রতিটি লোককে জাগ্রত করবে এবং সমাজকে সঙ্ঘবদ্ধ ভাবে এক আলোকজ্বল ভবিষ্যতের দিকে এগিয়ে নিয়ে যাবে এটাই তাদের একান্ত বিশ্বাস।

সূচীপত্র

অভাগীর মুখোশ

ঘাটশীলার প্রাকৃতিক সৌন্দর্যের কথা গল্প বলে বোঝান আদৌ সম্ভব নয়, সে সৌন্দর্য হৃদয় দিয়ে অনুভব করতে হয় । সুবর্ণরেখা নদীর পাড় ধরে হেঁটে বেড়ান এক অসাধারন অভিজ্ঞতা । প্রকৃতি মানুষকে যে কত কি দিতে পারে তার হিসাব মেলাতে যাওয়া বাতুলতা মাত্র, আত্মউপলব্ধির প্রয়োজন । কনকনে ঠাণ্ডার দিনে শীতের দুপুরে সুবর্ণরেখা বয়ে চলে শান্ত সমাহিত গতিতে, ঢেউয়ের গর্জন থাকে না । ধীরে বয়ে চলা নদীর স্রোতে যেন থাকে মৃদু সঙ্গীতের মূর্ছনা । আবার বর্ষাকালে নদীর ঢেউ যেন সব কিছু ভাসিয়ে নিয়ে যাবার জন্য প্রস্তুত । একবার তো বিপুল জলস্রোতে নদী সাংঘাতিক রূপ নিয়েছিল, পাড়ে থাকা ল্যাম্পপোস্টও চলে গেল উত্তাল জলের তলায় । নদীর উপরের ব্রিজটাও মনে হচ্ছিল বুঝি আস্তে আস্তে জলের তলায় চলে যাবে, ভেসে চলে যাবে নদীর ঢেউয়ের দাপটে । নদীর ওপারে সুবর্ণরেখার যেন ধার ঘেঁষেই ছুটে চলেছে দলমা পাহাড় রেঞ্জ, যা ছড়িয়ে রয়েছে বিস্তীর্ণ জায়গা জুড়ে । বর্ষাকালে পাহাড়ের কোল ঘেঁষে ছড়িয়ে থাকে কালো মেঘের ধোঁয়াশা, মনকে উদাস করে দেয় । মনের মধ্যে ভেসে বেড়ায় নানা অতীত স্মৃতি । আবার শরতের আলোয় পাহাড়ের বুক জুড়ে ছড়িয়ে থাকা সাদা মেঘের ভেলা মনকে ভাসিয়ে নিয়ে যায় যেন কোন স্বপ্নের দেশে । দুর্গা মায়ের আগমনী বার্তা যেন দিকে দিকে ছড়িয়ে দেয় ।

নির্মল সাঁতরা কলকাতার এক সুপ্রতিষ্ঠিত বনেদী পরিবারের উত্তরসূরি। নিজেও এক নামকরা বাণিজ্যিক সংস্থায় উচ্চপদে কাজ করতেন, কাজের সুবাদে ঘাটশীলায় তাঁর নিয়মিত যাতায়াত ছিল । অবসর নেওয়ার পরেও মাঝে মধ্যে নদীর পাড়ে বসে এই প্রাকৃতিক দৃশ্য উপভোগ করতে করতে সময় কাটান যেন এক অভ্যাসে দাঁড়িয়ে গেছে । ধন সম্পত্তি যতই থাক নদীর ধারে বসে এই অপরূপ দৃশ্য উপভোগ করতে না পারলে জীবনে যে অনেক কিছুই পাওয়া হত না,

সেটা তিনি মনে প্রাণে বিশ্বাস করেন । কলকাতা থেকে মাঝে মধ্যেই তাই ঘাটশীলায় ঘুরতে যাওয়া, কিছুদিন থেকে আবার ফেরা । এইভাবেই সুবর্ণরেখার সাথে তাল মিলিয়ে জীবন নদীও যেন অবিরাম বয়ে চলছিল ।

হঠাত করোনা ভাইরাসের দাপটে এই জীবন নদীর গতিও যেন থমকে দাঁড়াল। কলকাতা থেকে বাইরে ঘুরতে যাওয়া তো দুরের কথা, কলকাতার মধ্যেও মাস্ক মুখে সতর্ক ঘোরাফেরা । লক আপ এড়াতে, লক ডাউন মেনে চলা মাসের পর মাস । শুনশান রাস্তাঘাট, খুঁজে খুঁজে মানুষ দেখতে পাওয়া জনাকয়েক। হাতে গোনা গাড়ীর যাওয়া আসা । চারিদিকে পুলিশের সতর্ক নজর । জেলের বদলে ঘরবন্দি জীবন, এক একটা দিন যে কত লম্বা বসে বসে তাই উপলব্ধি করা ।

একা একা ঘরে বসে বসে নির্মল বাবুর চিন্তা ভাবনাও যেন অনেক পাল্টে গেল, জীবনের চারপাশটা যেন নতুন করে উপলব্ধি করার সময় । করোনা যেন চোখে আঙ্গুল দিয়ে দেখিয়ে দিল, আমাদের শক্তি সামর্থ্য নিয়ে অত বেশী আস্ফালনের জায়গা বোধ হয় নেই । বিজ্ঞান আজ অনেক উন্নত, চিকিৎসা শাস্ত্রও বিভিন্ন ক্ষেত্রে অসাধারন সাফল্যের হিসাব মেলাতে ব্যস্ত । সবাই যখন বিরাট সাফল্যের চুড়ায় দাঁড়িয়ে আত্মতুষ্টিতে মগ্ন, তখন করোনাই যেন সব তছনছ করে দিল । লাখ লাখ লোকের মধ্যে সংক্রমণ, হাজার হাজার মানুষের মৃত্যু কোন ভাবেই যেন আটকান গেল না। সারা বিশ্ব হাতে হাত মিলিয়ে লড়েও করোনার বিরুদ্ধে এই যুদ্ধে আশানুরূপ সাফল্য পায় নি । সবাইকে যেন বুঝিয়ে দিল এখনও অনেক পথ হাঁটা বাকি ।

মানবদেহের সব কটি অঙ্গ এবং তার আনুষঙ্গিক ব্যবস্থা যথাযথ ভাবে কাজ না করলে মানুষ সুস্থ থাকতে পারে না, দিনের পর দিন দুর্ভোগের শিকার হয় । বিশ্ব প্রকৃতির গঠনও সব দিকে সুসামঞ্জস্য

রেখে গড়ে তোলা আর এই সামঞ্জস্যে কোন রকম গড়মিল হলেই, বিশ্ব প্রকৃতিও ভারসাম্য হারায় । তার ফল শেষ অবধি ভুগতে হয় মানুষকেই, বিশেষ করে দরিদ্র এবং সহায় সম্বলহীন আপামর জনগণকে । প্রকৃতির আশীর্বাদ ছাড়া মানুষের চলার পথ দুর্গম দুর্বিষহ হয়ে ওঠে । মানুষের প্রয়োজনে পাহাড় ভেঙ্গে গড়ে উঠেছে পথ, সবুজ অরন্যকে তিলে তিলে ধ্বংস করে তৈরি হয়েছে কংক্রিটের জঙ্গল । লাগামহীন পেট্রোল আর ডিজেলের ধোঁয়া আশপাশকে ঢেকেছে কালো চাদরে । রাশিরাশি আবর্জনা আর কলকারখানার নোংরা জল মিশে গঙ্গার জল পবিত্রতা হারাচ্ছে । বিশ্বব্যাপী জল হাওয়ার পরিবর্তন ঘটছে । বহুদিনের জমে থাকা বরফের পাহাড় বিপুলভাবে গলতে শুরু করেছে, পৃথিবীর জলস্তরকে তিলে তিলে বাড়িয়ে চলেছে । তথাকথিত সর্বজ্ঞ এবং শুধু নিজের জন্য দৌড়ে চলা মানুষজন বিশ্বব্যাপী প্রাকৃতিক ভারসাম্যকে ধীরে ধীরে আঘাত করে চলেছে । পরিবেশ বিজ্ঞানীরা এর সাংঘাতিক পরিণতি নিয়ে বিশেষভাবে চিন্তিত । করোনা ভাইরাস রুখতে নিয়মের কড়াকড়ি এ চিত্রটা সবাইকে ভালভাবে বুঝিয়ে দিয়েছে।

করোনা ভাইরাসের আতঙ্কে সবাই যেন ব্যাতিব্যস্ত, মানুষের পাশে দাঁড়ানোর বদলে তাদের অনেক দুরে ঠেলে দেওয়াই এখন রীতি । করোনাকে কেউ চিনতে পারে নি, তাই বড় বিপদ । একবার ভালকরে ভেবে দেখুন তো, আপনার আশপাশের প্রতিবেশীদের কে কি সঠিকভাবে চিনতে পেরেছিলেন । করোনা আতঙ্কের আগেও কি তাদের মুখ মুখোশের আড়ালে ছিল না। করোনার ধাক্কায় সেই মুখোশ বোধহয় আলগা হয়ে গেছে, তাদের নতুন করে চিনতে হয়েছে । করোনার রিপোর্ট পজিটিভ মানে সাঙঘাতিক বিপদ, নিজেদের অতি নিকট আত্মীয়দেরও দুরে হটিয়ে দিতে কেউ পিছপা হয় না । আমার এত দিনের নানা অভিজ্ঞতা নিশ্চিতভাবে জানায় করোনার পজিটিভ

রিপোর্টের থেকেও অনেক বেশী আতঙ্কের মানসিকতার নেগেটিভ রিপোর্ট । এই বিষয়ে ঠিকভাবে সতর্ক না হলে আমরা পদে পদে বিপর্যস্ত হব, জীবনে অনেক কিছুই হয়ত হারাব ।

কলকাতার বাড়িতে আটক নির্মল বাবুর এ এক অসাধারণ উপলব্ধি । নিয়মের কড়াকড়ির আগে সন্ধ্যেবেলা বারান্দায় দাঁড়ালে কিছুদুরের জিনিষও যেন আবছা অন্ধকারে ঢাকা থাকত । পেট্রোল, ডিজেলের ধোঁয়া আর কলকারখানার থেকে বেড় হওয়া ধোঁয়া আর গ্যাসের থেকে তৈরি হওয়া ধোঁয়াশা যেন মোটা চাদরের আড়ালে সব কিছু ঢেকে রাখত । লকডাউনের বাধানিষেধে সব বন্ধ । বাস ট্রাম, ট্রেন আর অন্যান্য যানবাহন সব বন্ধ, শুধু হাতে গোনা গাড়ী বা দু চাকার যাওয়া আসা। কলকাতা যে সত্যিই সুন্দরী, নির্মল বাবু যেন নতুন করে উপলব্ধি করলেন । কলকাতার আকাশ যে এত সুনীল, এও যেন বিরাট বিস্ময় । নদীর জলও আজ ভীষণ সুন্দর এবং স্বচ্ছ, তাই ঢেউয়ের তালে তালে যেন সে কথাই প্রকাশ করে যায় । সভ্যতার বিকাশ এবং নগরায়ণের নামে আমরা কি প্রকৃতিকে আঘাতে আঘাতে জর্জরিত করে চলেছি । এর জবাব খোঁজারও আজ বোধহয় সময় এসেছে ।

লক ডাউনের কড়াকড়ি আস্তে আস্তে শিথিল হচ্ছে আর ঘড়বন্দি জীবন থেকে মুক্তির স্বাদও যেন ধীরে ধীরে পাওয়া যাচ্ছে। আবার সেই গাড়িঘোড়ার ভীড়, কলকারখানার ধোঁয়ায়, ধোঁয়াশার চাদর যেন চোখ রাঙ্গাচ্ছে । শরতের নীল আকাশও যেন আর অত সুন্দর নয় । নির্মল বাবুরও প্রাণ যেন হাঁপিয়ে ওঠে । ঘাটশীলা পাড়ি দেওয়ার এই বোধ হয় সব থেকে ভাল সময় । চারিদিকের স্বচ্ছ সুন্দর পরিবেশে সুবর্ণরেখার পাড়ে বসে ঢেউ গুনতে গুনতে সন্ধ্যেটা কাটান সত্যিই যেন এক অন্য অনুভূতি ।

ট্রেনের টিকিট অগ্রিম বুকিং করে গোছগাছ শুরু। ঘাটশীলা পৌঁছে কদিন প্রকৃতির কাছাকাছি থাকার সুযোগ হাতছাড়া করা চলবে না। সময়ও নদীর স্রোতের মত বয়ে চলে। নির্ধারিত দিনে ষ্টীল এক্সপ্রেসে চড়ে ঘাটশীলা পৌঁছে গেলেন। চারিদিকের পরিবেশ যেন মনটা অনেক ভাল করে দেয়। সন্ধ্যেটা বারান্দায় বসে প্রকৃতির সৌন্দর্য উপভোগ করতে করতে কেটে গেল। খাওয়া দাওয়ার পর বিশ্রামের পালা, পরের দিন থেকে যাত্রা শুরু। প্রথম দিনটা নদীর পাড় ধরে হেঁটে বেড়ানতেই আনন্দ।

ঘাটশীলায় এলে নির্মল বাবুর থাকার জায়গা একটাই। ওঁর অনেকদিনের বন্ধু সুরজিত সেন এখন পাকাপাকিভাবে ঘাটশীলায় থাকেন, ঘাটশীলা ষ্টেশনের কাছে শহরাঞ্চলে দোতলা বাড়ি। একমাত্র মেয়ের বিয়ে হয়ে গেছে, এখন দুজনের সংসার। উনিও অনেকদিন আগেই অবসর নিয়েছেন। একঘেয়ে অবসর জীবনে নির্মল বাবু এলে যেন দিনগুলো অন্যরকমভাবে কাটে। ভবিষ্যতের দিনগুলোর জন্য যেন অনেকখানি অক্সিজেন যোগাড় হয়ে যায়, উনিও তাই অপেক্ষায় থাকেন।

সেদিন সকালবেলার চায়ের আসরে করোনার প্রভাবে কলকাতার অবস্থা নিয়েই আলোচনা হচ্ছিল। শুধু কলকাতা কেন সারা দেশ জুড়েই অস্বাভাবিক পরিস্থিতি। কিছুদিন আগেও যে মানুষগুলো চাকরিবাকরি বা অন্যান্য সূত্র থেকে আয়ের সুবাদে মোটামুটি সুস্থভাবে দিন কাটাত বা ছেলেমেয়ের পড়াশুনার খরচ মেটাতে সক্ষম ছিল, হঠাৎ সুনামির মত ধেয়ে এসে করোনা যেন সব কিছু ওলটপালট করে দিল। প্রচুর লোকের আয়ের কোনও সংস্থান নেই, প্রত্যেকটি নতুন দিন যেন নতুন নতুন চ্যালেঞ্জ ছুঁড়ে দেয়। ছেলেমেয়েদের মুখের দিকে তাকাতেও যেন ভয় ভয় লাগে। পরিবারের কেউ করোনা আক্রান্ত হলে তারা তো সবকিছু খুইয়ে দেউলিয়া হয়ে যাচ্ছে। বাবা মা

মারা গেলে শোকের থেকে যেন ক্ষোভ আরও বেশী। ছেলে মেয়েদের না জানিয়েই দেহ সৎকার হয়ে যাচ্ছে। করোনা আক্রান্ত হলে সে সবার কাছে অচ্ছুত, আপনও যেন পর হয়ে যায়, সরে যায় দুরে। মানসিকভাবে সবাই ভীষণ বিপর্যস্ত।

এই অস্বাভাবিক দিনগুলো থেকে একটু দুরে সরে এসে ঘাটশীলায় কয়েকটা দিন কাটান এক অন্যরকম অনুভূতি। সন্ধ্যেবেলাটা দুই বন্ধুতে মিলে সুবর্ণরেখার পাড়ে ঘোরা আর একটা ভাল জায়গা দেখে বসে গল্প করা, এই ভাবেই কাটে। সুবর্ণরেখা নদী ঢেউয়ের তালে তালে বয়ে চলে ক্লান্তিহীন। নদীর ওপারে সুবর্ণরেখার পাশ ঘেঁষেই লম্বা হয়ে ছড়িয়ে যাওয়া দলমা পর্বতমালা। শরতের পেঁজা তুলোর মত হালকা সাদা মেঘ যেন পাহাড়কে জড়িয়ে ভাসছে। নির্মল মৃদুমন্দ হাওয়ার আলতো স্পর্শ যেন সমস্ত শরীর মন জুড়িয়ে দিয়ে যায়, সে যেন সত্যিই এক স্বর্গীয় অনুভূতি। এ ভাবেই ভালই কাটছিল দিনগুলো।

নদীর পাড় ধরে কিছুটা হাঁটলেই দেখা যায় একটা উঁচু টিলা। তার পাশে অনেকটা ফাঁকা জায়গা, আশপাশের থেকে খানিকটা উঁচু। ওখানে বসে গল্প করেই বেশী সময় কেটে যায়। রোজকার মত একদিন ওই টিলার পাশে বসে সময় কাটছিল। আলোচনার স্রোতে সামাজিক, অর্থনৈতিক, কূটনীতি, দুর্নীতি সংক্রান্ত অনেক বিষয়ই উঠে আসছিল। করোনা পরিস্থিতি, লাগামহীন দূষণের প্রভাব কিছুই বাদ পড়েনি। গতিহীন মূক জীবন যেন সব সহ্যের সীমা পার করে দিচ্ছিল। আমরা যে ডালে বসে আছি সেই ডালকেই নিত্য আঘাত করে চলেছি, এই ব্যাপারটা কজন উপলব্ধি করতে পেরেছেন জানা নেই। এর ফলে সব থেকে ক্ষতিগ্রস্ত হচ্ছে এবং হবে সাধারন এবং দারিদ্রসীমার নীচে থাকা মানুষজন। এ নিয়ে চিন্তা ভাবনার সময় কতটুকু আছে, তাই এখন চিন্তার বিষয়। শুধু দূষণমুক্ত পরিবেশ নয়,

চাই শোষণহীন সমাজ ব্যবস্থা। প্রতিটা নাগরিকেরই সুস্থ, সবল এবং অর্থনৈতিক স্বাধীনতার সঙ্গে বাঁচার অধিকার কে স্বীকৃতি না দিতে পারলে কোন সমাজব্যবস্থাই শোষণমুক্ত এবং কলুষহীন হবে না।

এই আলোচনার সূত্র ধরেই সুরজিত বাবু তাঁর অভিজ্ঞতার অনেক কাহিনী নির্মল বাবুকে শোনালেন। সুরজিত বাবুর ঘাটশীলার সঙ্গে সম্পর্ক অনেকদিনের, ঘাটশীলাই ওঁর কর্মজীবনের অনেকখানি জুড়ে ছড়িয়ে আছে। সত্তরের দশকের শেষ দিকে ঘাটশীলায় আসা। সুবর্ণরেখা নদীর কাছেই ছিল থাকার ব্যবস্থা। বাড়ীর বারান্দায় দাঁড়িয়ে সুবর্ণরেখার ঢেউ গোনা যেন বাতিক হয়ে গেছিল। স্বামী, স্ত্রী দুজনেরই সুবর্ণরেখার পাড়ে হেঁটে অবসর সময়গুলো ভালই কেটে যেত। তখন ঘাটশীলা ছিল যেন সম্পূর্ণ কালিমামুক্ত। সকালে বারান্দায় দাঁড়ালে নির্মল বাতাসে যেন অক্সিজেনের স্বাদ পাওয়া যেত। সুবর্ণরেখার উথাল পাথাল ঢেউ যেন অন্যায়, অবিচার আর মিথ্যাচারকে মাথা তুলতে দিত না, সব কিছু ধুয়ে মুছে নিয়ে যেত। তখন বয়স অনেক কম ছিল, অফিসের পরে ক্লাবে গিয়ে একটু গল্পগুজব, খেলাধুলোর মধ্যে সময় কাটত। ক্লাব থেকে ফিরতে ফিরতে রাত হয়ে যেত। অনেকের বাড়ির সামনের দরজাটা মোটামুটি খোলাই থাকত। মনে হয় হাওয়া বাতাস খেলার জন্যই খোলা থাকত। সবাই যেন সবাইকে ভীষণ বিশ্বাস করত তাই চুরিচামারির ভয় যেন কারো মনে উঁকিও দিত না।

এর আসল কারন বোধ হয়, ঘাটশীলার আদিবাসীরা খুব অল্পতেই খুশী থাকত। কি পাওয়া গেছে তার হিসাবেই এরা মগ্ন থাকে, কি পাওয়া হয় নি তার হিসাব এরা করতে জানত না। এদের দিনগুলো তাই আনন্দেই কাটত। গ্রীষ্মের কাট ফাটা রোদ্দুরেও ওদের দেখেছি অক্লান্ত পরিশ্রম করতে, ফাঁকি দিতে ওরা জানেনা। তথাকথিত ভদ্র উচ্চবিত্ত সমাজ কিন্তু ওদের ফাঁকি দিতে ছাড়ত না। বড় বড়

ব্যবসায়ীরা এদের অক্লান্ত পরিশ্রমের ফায়দা লুটত, কিন্তু ওদের ন্যায্য প্রাপ্য থেকে বঞ্চিত করত। তবুও কাজের পর দেখতাম হাত ধরা ধরি করে নাচতে নাচতে বাড়ি ফিরে যেত আদিবাসী মেয়েরা। এর প্রধান কারন মনে হয়, ওরা হয়ত জানেই না কি ওদের আসল প্রাপ্য। দেখে খুব খারাপ লাগত। দেশ স্বাধীন হয়েছে ঠিকই, কিন্তু সাধারন মানুষ কি এখনও সেই পুরনো আবর্তে ঘুরে মরছে। প্রজাতন্ত্র মানে প্রজারাই মালিক, নাকি নিমিত্ত মাত্র। অপ্রতুল শিক্ষা ব্যবস্থা যেন এদের জীবনটাকে ভাল করে জানতেই দেয় না। চোখের সামনে ঘটে যাওয়া নানা কাণ্ডকারখানা দেখতে দেখতে মনের মধ্যে যেন অনেক প্রশ্ন জাগে। ন্যায় অন্যায়, ভাল মন্দ সব কিছুর সীমারেখা যেন ধীরে ধীরে বিলুপ্ত হয়ে যাচ্ছে। এত সুন্দর এবং নির্মল পৃথিবীকে কালীমালিপ্ত করা যেন নিত্যকার ব্যাপার।

আগেকার দিনগুলো সত্যিই অনেক সুন্দর ছিল। সবাইকে যেন ঠিকমত চেনা যেত, সবাই সবাইকে সত্যিকারের ভালবাসত। নির্দ্বিধায়

মেশা যেত, জেনে শুনে যে কেউ কারও ক্ষতি করবে না, এ বিশ্বাস সবারই মনে ছিল।

ঘাটশীলা এবং আশপাশের আদিবাসী সম্প্রদায়ের মেয়েরা আসলে অনেক বেশী সহজ সরল। প্রচণ্ড পরিশ্রম করে নিজেরা, দুঃখকে এরা জয় করতে জানে। মাটির বাড়িতে এদের বসবাস, সবই ওদের নিজেদের দিনরাত পরিশ্রমে গড়া। ওই মাটির বাড়িকে ওরা নিজেদের হাতে আঁকা আলপনা আর রঙিন ছবি দিয়ে সুন্দরভাবে সাজিয়ে তোলে। দেখে যেন বিস্ময় জাগে। তখন দিনগুলো কত স্বচ্ছ ছিল। সূর্যের সোনালী রোদ সব অন্ধকার দুর করে, নতুন দিনে যেন আবার নতুন করে বাঁচার স্বপ্ন দেখাত। সেই সব দিনগুলো কেমন যেন আস্তে আস্তে পাল্টে গেল। বড় বড় কাজ শুরু হল। অর্থবান ব্যবসায়ীদের এবং তাদের সঙ্গী সাথীদের আনাগোনায় দিনগুলো পাল্টাতে লাগল। তাদের আত্মকেন্দ্রিক মনোভাব, এবং যে কোনও মুল্যে জীবনকে আরও ভাল করে গুছিয়ে নেওয়ার প্রবণতা এখানকার সার্বিক পরিবেশে যেন বিপুল পরিবর্তন নিয়ে এল। সরল মনের সাদামাটা জীবন যাপনে অভ্যস্ত ছেলে মেয়েরা এদের সহজ শিকার হয়ে যায়। এদের চাহিদা সীমিত, মানুষকে এরা সহজে বিশ্বাস করে। ভাল করে কিছু বোঝার আগেই ওরা এদের জালে যেন জড়িয়ে যায়। কত ঘটনা মনে দাগ কেটে যায়। একটা ঘটনা আমাকে যথেষ্ট বিচলিত করেছিল এবং অনুতপ্তও করেছিল। এক আদিবাসী মেয়ের জীবন যন্ত্রণা এবং তার অস্বাভাবিক পরিণতির কাহিনী।

আমার তো এখানে প্রায় চল্লিশ বছরের কাছাকাছি কেটে গেল। যখন এসেছিলাম বয়স অনেক কম ছিল। নদীর ধারে বেড়ানটা অভ্যাসে পরিণত হয়ে গেছিল। প্রথম প্রথম মেয়েটিকে যখন দেখি বয়স অনেক কম। বছর আটেক হবে হয়ত। নদীর পারে বসে নিজের মনে খেলা করত। সংসারের কোনও কালিমা তাকে ছোঁয় নি। নির্মল

কোমল মনের মেয়ে বালি নিয়ে ঘরকন্নার খেলা খেলত। কেন যেন আমার খুব ভাল লাগত, প্রায়ই ওর হাতে বিস্কুট, টফি তুলে দিতাম। আহাল্লাদে আটখানা হয়ে ও খিল খিল করে মিষ্টি হাসি হাসত। আমার চোখের সামনেই আস্তে আস্তে বড় হয়ে উঠল। সুবর্ণরেখার ঢেউয়ের সঙ্গে তাল মিলিয়ে ওর জীবন নদীও যেন অবিরত বয়ে যেতে লাগল। বাবার সঙ্গে এসে নদীতে মাছ ধরত। মাছ ধরা হয়ে গেলে সবকিছু গুছিয়ে নিয়ে আশপাশের বাড়ি বাড়ি ঘুরে বিক্রি করে যেত। পড়শিরা খুশি ছিল, কম দামে ভাল তাজা মাছ পেয়ে, অনেক মাছই জীবন্ত, বেশ ভাল করে নড়াচড়া করত। ওরাও খুশি ছিল, যা টাকা পেত তাতেই ওরা সন্তুষ্ট। আমার বাড়িতেও ও রোজ সকালে মাছ নিয়ে হাজির হত। মাছের দামের সাথে বিস্কুট আর টফিও ওর হাতে তুলে দিতাম। আমার বাড়িটা ওর ভাল করে চেনা হয়ে গিয়েছিল আর আমার প্রতি ওর একটা অন্যরকম টানও ছিল। ওর মত মেয়েরা বাবুদের স্নেহ অতটা পায় না। ওর আন্তরিক ব্যবহারের জন্য সবাই ওকে ভালবাসে। এখানকার সবুজ পরিবেশ, নির্মল, নিষ্কলুষ আবহাওয়ার মত এদের জীবন জীবিকাও স্বচ্ছ এবং সুন্দর, কোন রকম হঠকারিতার এরা আশ্রয় নেয় না। এরা বিরাট কিছু আশা করে না, মানুষকে এরা বিশ্বাস করে এবং ভালবাসে। সুবর্ণরেখা নদীর ঢেউয়ের সাথে তাল মিলিয়ে জীবন নদীও অনর্গল বয়ে চলে। আশপাশের অনেক কিছুই পাল্টে যায়। সবার জীবনেই সুখ দুঃখের ঢেউ নিয়ম করে ঘুরে ঘুরে যেন আছড়ে পড়ে। কখন আনন্দের হালকা হাওয়ায় ওড়া, আবার কখন চোখের জলের নোনা ঢেউয়ে ভাসা। এইভাবেই মাসের পর মাস কেটে যায়, বছরের পর বছর যায় ঘুরে। নদীর ধারে নিত্যই তার দেখা পাই এবং ওর মধ্যে অনেক পরিবর্তনও চোখে পড়ে। আগেকার সেই আনন্দ উচ্ছল জীবনে কেমন যেন ভাটার টান। একদিন আমায় দেখে দৌড়ে কাছে এল আর আমার কোলে মাথা রেখে ফুঁপিয়ে ফুঁপিয়ে কাঁদতে লাগল। আমি

মাথায় হাত বুলতে বুলতে জিজ্ঞেস করলাম কেন কাঁদছে, কি অসুবিধে হয়েছে। কাঁদতে কাঁদতে বলল ওর মা এক বছরের বেশি হল মারা গিয়েছে, পরে বাবা আবার বিয়ে করেছে। সৎ মা ওকে একদম পছন্দ করে না তাই খুব কষ্টে ওর এখন দিন কাটে। বাবাও খুব একটা নজর দেয় না। শুনে সত্যি খারাপ লাগল। আমি বললাম আমার বাড়িতে এসে থাকতে। ঘড়ের কাজকর্ম করবে। খাওয়া থাকার কোন সমস্যা হবে না, আর প্রয়োজনমত মাইনেও পাবে। নিজের বাড়ির মতই থাকবে। ও কিন্তু কিছুতেই রাজি হল না, বাবা নাকি তাহলে আর কোনদিন বাড়িতে ঢুকতে দেবে না। চোখ মুছতে মুছতে চলে গেল আর আমার মনটাও মুচড়ে খুব ভারী করে দিয়ে গেল। আমার কাছে না এলেও ওর জন্য আমার মনে একটা বিশেষ জায়গা যেন তৈরি হয়ে গেল।

এইভাবে কেটে গেল আরও কয়েকটা বছর। সে হয়ে উঠল পূর্ণ যৌবনা, প্রকৃতির শাশ্বত নিয়মে। তার শিশুসুলভ আচরণ আর নির্মল মানসিকতা অনেকের চোখে পরে, মনেও ধরে। কালো হলেও তার কালোহরিণ চোখের আকর্ষণে অনেকেরই হৃদয় চঞ্চল হওয়া স্বাভাবিক। মেয়েটিও অন্যদের মত একটা সুন্দর বিবাহিত জীবনযাপন করতে স্বভাবতই উৎসুক। শেষ পর্যন্ত একজন তার হৃদয় জয় করেও নিল। ছেলেটি আমাদের বাড়ির পাশেই একটা ফ্ল্যাট ভাড়া নিয়ে থাকত। সে যে অবস্থাপন্ন এবং সম্ভ্রান্ত ঘরের ছেলে, তার চেহারা দেখে সেটা সহজেই অনুমান করা যায়। বাবা মার একমাত্র সন্তান এবং কয়েক পুরুষের ব্যবসা প্রতিষ্ঠানের ভাবী উত্তরাধিকারী। ব্যবসার কাজেই প্রায়ই ঘাটশীলায় আসে এবং ঐ ফ্ল্যাটটিতে থাকে। ছেলেটিকে আমি ভাল করেই চিনতাম। কাকু কাকু করে বাড়িতেও আসত। সম্পদের অহংকার ওকে ঘিরে রাখেনি। সুন্দর, সাবলীল ব্যবহারের জন্য আমিও ওকে ভাল বাসতাম। একা থাকত, তাই

আমার সঙ্গে আলাপটাও আস্তে আস্তে বাড়তে থাকে। প্রায়ই দেখতাম ও মেয়েটির সঙ্গে নদীর ধারে ঘুরে বেড়াত বা কোথাও বসে গল্প করত। ধীরে ধীরে ওদের সম্পর্কটা আরও গভীর হতে থাকল। ছেলেটিকে ডেকে একদিন বোঝালাম যে এর পরিণতি সুখকর নাও হতে পারে, কারন তার বাড়ির কেউই যে এ সম্পর্ক মেনে নেবে না, সেটা বলাই বাহুল্য। বাবা মার একমাত্র ছেলে, বাবার ব্যবসাই প্রধান ভরসা। বাবাও ছেলেকে সেইভাবে তৈরি করছে যাতে সবকিছু ভালভাবে বুঝে নিতে পারে। কিন্তু নদীর ধারে ঘুরে ঘুরে রোজই ওদের মেলামেশা চলতে থাকে। জীবন নদীও নতুন বাঁকের সন্ধানে ঘুরতে থাকে। মেয়েটি সৎমার ব্যবহারে বিপর্যস্ত এবং সন্ত্রস্ত, কখন যে কি হবে সেই ভয়ে দিন কাটে। বাবাও যেন আস্তে আস্তে মুখ ঘুরিয়ে নিচ্ছে, সংসারের উপর ও যেন একটা বোঝা হয়ে উঠছে। এর উপর ওর বিয়ের খরচার টাকা জোগাড় করা আর এক বিরাট সমস্যা। কথাগুলো তার কানেও এসেছে, হয়ত তাকে শোনানোর জন্যেই বলা। একটা নতুন জীবনের খোঁজে তাই এই ঘোরাফেরা। মেয়েটিকে আমি যথেষ্ট স্নেহ করতাম। তার হৃদয়ে জমে থাকা দুঃখ এবং ক্ষোভ আমায় বিচলিত করত। এই দুর্বিষহ জীবন থেকে বেড়িয়ে যাবার যে রাস্তা সে খুঁজছে, তা কি ওকে সত্যিই সেই ঠিকানায় পৌঁছতে পারবে, এই চিন্তাটা আমাকে বিব্রত করত। একদিন মেয়েটিকে ডেকে সব বোঝালাম। ওর উত্তর শুনে বিস্মিত হলাম। বলল আমি তো মরেই আছি, সংসারের বোঝা। মা মরে যাবার পর আর কখন স্নেহ ভালবাসা পাই নি। খালি তোমার কাছে পেলাম, তাই তোমার কাছে ঘুরে ঘুরে আসি। আমার আর কিছু বলার ক্ষমতা ছিল না। ওকে বললাম খুব সাবধানে থাকতে এবং কোনরকম অসুবিধা হলেই আমাকে জানাতে। একটা নতুন জীবনের খোঁজে ও ব্যাকুল হয়ে ছুটছে তাই একটা সুন্দর, আনন্দঘন জীবনের হাতছানি ওর পক্ষে উপেক্ষা করা সম্ভব নয়। একদিন আমার কাছে এসে বলল যে ছেলেটি নাকি ওকে মন্দিরে নিয়ে

গিয়ে বিয়ে করবে বলেছে, আমাকেও ওদের সঙ্গে যেতে হবে। ওর কথা ফেলতে পারে নি। মন্দিরে নিয়ম মেনে বিয়েও হয়ে গেল। শুরু হল নতুনভাবে পথ চলা, নতুন জীবনের সন্ধানে অজানা যাত্রাপথে পায়ে পায়ে এগিয়ে চলা। শুরু হল নতুন করে অনেক স্বপ্নের জাল বোনা আর পরম বিশ্বাসে জীবনসঙ্গীর সঙ্গে জীবনকে গেঁথে নেওয়া।

বছর খানেক ভালই চলছিল। ছেলেটি নিজের ব্যবসার কাজে ভালই ব্যস্ত থাকত আর মেয়েটি বাজারহাট করা থেকে ঘরকন্নার সব কাজ সামলে ভালই সংসারী হয়ে উঠেছিল। সবকিছু দেখে স্বভাবতই মনে হচ্ছিল মেয়েটির বোধহয় একটা হিল্লে হল, দুঃখের দিনগুলোর অবসান হল, আর পেছনের দিকে ফিরে তাকাতে হবে না। সুবর্ণরেখার পাড়ে বসে ওদের গল্পগুজব করতে দেখে ভালই লাগত। মনে হত নদীর ঢেউয়ের তালে তালে ওদের দুজনের সংসার জীবনও সুন্দরভাবে এগিয়ে চলবে। মেয়েটির মুখের দিকে তাকালে বোঝা যেত ওদের দিনগুলো ভালই কাটছে। একদিন হাসি মুখে এসে জানাল ওরা নাকি উড়িষ্যায় বেড়াতে যাচ্ছে, কদিন থাকবে না। ওর মুখটা দেখে আমার মনের কোনে ছোটবেলার সেই টফি পাওয়ার হাসি মুখটা ভেসে উঠছিল। আমার মনের ভিতরটাও অনেক হালকা হয়ে গেল। মনে হল বোধহয় এতদিনে ও জীবনের চলার পথটা ঠিকভাবে খুঁজে পেয়েছে, জমে থাকা কালো মেঘের আকাশ হালকা হয়ে আসছে। মনে মনে ছেলেটিকে এর জন্য আশীর্বাদও করলাম।

একদিন মেয়েটির বাবা মা আমার সঙ্গে দেখা করতে এল। এসে জানাল এই বিয়েটা দেওয়া বিরাট ভুল হয়েছে। আগেও এরকম ঘটনা হয়েছে। কিছুদিন আনন্দ করার পর বাবুরা ফিরে চলে গেছে আর কোন খবর রাখেনি। সেরকম কিছু ঘটলে মেয়ে কিন্তু আর আমাদের কাছে বা সমাজের মধ্যে ফিরতে পারবে না। আমি আর নিজেকে সামলাতে পারলাম না। বললাম আপনারা তো ওকে অনেক আগেই

মন থেকে তাড়িয়ে দিয়েছেন। দিনের পর দিন ওকে নদীর ধারে বসে কাঁদতে দেখেছি, তখন তো ওর কথা একবারও ভাবেন নি। অনেক যন্ত্রণায় ও এই পথ বেছে নিয়েছে। কোন অঘটনও যদি ঘটে, ও কিন্তু আর কখনও আপনাদের কাছে ফিরবে না। আমি ওর হয়ে আপনাদের কথা দিচ্ছি। প্রয়োজন হলে ও আমার বাড়িতে থাকবে আমার মেয়ের মতন। ওরা বিদায় নিল। মনের মধ্যে কথাগুলো ঘুরপাক খেতে লাগল। সত্যিই কি ছেলেটাও ওইভাবে একদিন ছেরে চলে যাবে। এদের জীবনকথা কি এইভাবেই চিরদিন লেখা হবে।

ওরা দুজনে বেড়িয়ে ফিরে এলো। মেয়েটি পুরীর জগন্নাথ মন্দিরে আমার নামে পুজো দিয়েছিল, তার প্রসাদ দিয়ে গেল। ঘর সাজানোর কিছু জিনিষও দিয়ে গেল। বেড়িয়ে আসার পর দেখলাম খুবই খুশি। অনেক জায়গায় ঘোরাঘুরি হয়েছে, পুরীর সমুদ্রতটে অনেক সময় কেটেছে। এতদিন তো বাড়ি আর সুবর্ণরেখা নদীর আশপাশ ছাড়া কিছুই কোনোদিন দেখেনি।

তারপর যথারীতি ছেলেটি ব্যবসার কাজে ব্যস্ত হয়ে গেল। মেয়েটি বাজারহাট আর ঘরসংসার নিয়ে ব্যস্ত। কেটে গেল আরও মাসদুই। এর মধ্যে আমারও আর খোঁজখবর নেওয়া হয় নি। মনে হত ভালই আছে, নইলে নিশ্চয় খবর দিত। আমিও একটু কাজের ঝামেলায় ব্যস্ত ছিলাম। আত্মীয় স্বজনের সঙ্গে দেখা করতে কলকাতা যেতে হয়েছিল। আমি ফেরার পরে একদিন বিকেলের দিকে ছেলেটি দেখা করতে এল। বলল ওরা ভালই আছে। মেয়েটি নাকি বাজারে গেছে, তাই ও একাই এসেছে। চা জলখাবার খেয়ে ওঠার সময় হাতটা ধরে বলল মেয়েটিকে কয়েকদিন আমার কাছে রাখতে হবে। ছেলেটির বাবা মা নাকি আসছেন। ওঁরা ফিরে গেলে ওকে আবার নিয়ে যাবে। বাবা মা ঘটনাটা এখনও জানে না, তাই একটু সামলে নিতে হবে। ও চলে গেলে আবার যেন কালো মেঘের ছায়া দেখতে পেলাম। তবে কি

মেয়েটির বাবা মা যা বলে গেল তাই ঘটতে চলেছে। পরের দিন মেয়েটি আমার বাড়িতে থাকবে বলে এল। ওর মুখের সেই মিষ্টি হাসি যেন মিলিয়ে গেছে। মুখের উপর যেন সেই হতাশার কালো ছায়া দেখতে পেলাম। তবে কি ও আঁচ করতে পারছিল যে কি ঘটতে চলেছে!

ছেলেটির বাবা মা কথামত সকালের ট্রেনে এলেন আবার বিকেলের ট্রেনে ফিরেও গেলেন। ছেলেটি আমাকে ডেকে নিয়ে গিয়ে বাবা -মার সাথে আলাপ করিয়ে দিল। ওর বাবা বললেন আপনার কথা ছেলের কাছে অনেক শুনেছি। আপনি তো ওকে ভালই নজরে রাখেন, আপনাকে আমরা ওর লোকাল অভিভাবক হিসেবেই ভাবি। ছেলের বিয়ে ঠিক হয়ে গেছে, পাকা কথাও হয়ে গেছে। মেয়েটি সম্ভ্রান্ত এবং বিত্তশালী পরিবারের একমাত্র উত্তরাধিকারী, বেশ সুন্দরী এবং সুশিক্ষিতা। দশ দিন বাদে বিয়ে, আপনাকে অবশ্যই আসতে হবে। আমরা জায়গাটা দেখে গেলাম। একটা ভাল ফ্ল্যাট নিতে হবে, অত বড় পরিবারের মেয়ে, তার যাতে কোন অসুবিধে না হয়।

আমি বাড়ি ফিরে এলাম। ওর বাবা মাও চলে গেলেন। আমি বাড়ি ফিরে আর কোন কথা বলতে পারি নি। আবার যেন দুর্যোগের ঘন কালো মেঘ মনটাকে ছেয়ে ফেলল। ক্লান্ত, অবসন্ন দেহটা চেয়ারের উপর এলিয়ে দিলাম। মেয়েটি আস্তে আস্তে উঠে এসে আমার হাত দুটো জড়িয়ে ধরে বলল তুমি একদম মন খারাপ কর না। আমি সব জানি। সেদিন বাবার সঙ্গে ওর এই নিয়েই কথা হচ্ছিল। আমি বাজারে গিয়েছিলাম। আমি যে ফিরে এসেছি সেটা ও বুঝতে পারে নি। ওর বিয়ের ব্যাপারে সব কিছুই আমি জানি। কদিন বাদেই ও চলে যাবে, বিয়ে করে নতুন বউকে নিয়ে ফিরবে। সবই এখন জানি। তুমি শুধু কয়েকটা দিন আমাকে তোমার কাছে থাকতে দিও। নতুন বৌয়ের সামনে আমি আর ও বাড়িতে যেতে পারব না। তারপরে আমি নিজের

ব্যবস্থা কিছু একটা করে নেব। আঁচলে মুখ ঢেকে ডুকরে কাঁদতে কাঁদতে অন্য ঘরে চলে গেল। আমি বাকরুদ্ধ হয়ে বসে রইলাম, নিজের উপর যেন বিশ্বাস হারিয়ে যাচ্ছিল। কি বলে ওকে সান্তনা দেব ভেবে পাচ্ছিলাম না।

বুঝতে আমারও ভুল হয়েছিল। মেয়েটির বাবা সেদিন যে ভীষণ সত্যটা জানিয়ে গিয়েছিল, তা যেন মর্মে মর্মে উপলব্ধি করলাম। এই নিস্পাপ নির্লোভ মেয়েদের সবুজ প্রাণোচ্ছল মন নদীর ঢেউয়ের তালে স্বপ্নের জাল বুনে এগিয়ে চলে। এরা বুঝতে পারে না যে, এরা যেন সেই জলসাঘরের ঝাড়বাতি। রাত পোহালে সব চেনা মুখও অচেনা হয়ে যায়। শুধু প্রয়োজন মেটার অপেক্ষা, তারপর কেউ আর ফিরেও তাকায় না। এই কথাটা বুঝতে বুঝতে দিন গড়িয়ে যায়, স্বপ্ন দেখার দিনগুলোও নদীর স্রোতে ভেসে চলে যায়।

মেয়েটি মানসিক দিক দিয়ে সাংঘাতিক ভাবে বিপর্যস্ত, এই একের পর এক আঘাত ওর জীবনকে ক্ষতবিক্ষত করেছে। ওর মুখের দিকে তাকালে আমিও যেন স্থির থাকতে পারতাম না। কখন কি করে ফেলে এই চিন্তায় আড়াল থেকে ওর উপর নজর রাখতে শুরু করলাম। একদিন সন্ধ্যেবেলা দেখলাম নদীর ধারে গিয়ে ও একাই বসল, চোখে মুখে রাত জাগার ছাপ স্পষ্ট। অস্পষ্ট ভাষায়, নিজের মনে কি যেন বলতে বলতে কান্নায় ভেঙ্গে পরল। ক্লান্ত অবসন্ন শরীরটা এলিয়ে দিল মাটীর উপর আবার খানিকক্ষণ বাদে উঠে বাড়ি চলে গেল।

ছেলেটির বিয়ের সব ঠিক ঠাক, আর মাত্র কদিনের অপেক্ষা। মেয়েটির সঙ্গে সম্পর্কের কথা বাড়িতে সে কিছুই জানায়নি। কেউ বিশ্বাস করবে না, মানবেও না। তাকেই হয়ত পরিবার ছেড়ে বেড়িয়ে আসতে হবে, সেটা তার পক্ষে সম্ভব নয়। বিয়ে যার সঙ্গে হতে চলেছে সেও সম্ভ্রান্ত পরিবারের, এবং বিশাল সম্পত্তির একমাত্র

উত্তরাধিকারী। এই বিয়েতে রাজী না হলে সব দিক দিয়েই সে বিপদে পরবে। তিন দিন বাদে সে বাড়ি চলে যাবে, বিয়ের পর বউকে সঙ্গে নিয়ে ফিরবে। ছেলেটির সঙ্গে দেখা করে তাকেও বলেছিলাম, যে সব কিছু জেনেও কেন এই মেয়েটির জীবন এভাবে নষ্ট করল। এরা সরল মনের এবং মানুষকে বিশ্বাস করে এই সম্পর্কে জড়িয়েছে। এখন ও পুরোপুরি অসহায়, ওর আর কোন যাবার জায়গা নেই। ছেলেটি বলল এই পরিস্থিতির কথা ও ঠিক চিন্তা করতে পারে নি। ভেবেছিল বাড়িতে সব কিছু বুঝিয়ে বলবে। একটা কিছু রাস্তা বার করবে। কিন্তু তার আগেই বিয়ের ব্যবস্থা বাবা মা পাকা করে ফেলেছে। সম্ভ্রান্ত পরিবারের মেয়ে, পারিবারিক ধনসম্পত্তির একমাত্র উত্তরাধিকারী। এই পরিস্থিতি থেকে আর বেড়িয়ে আসা সম্ভব নয়। মেয়েটিকে সব কিছু বুঝিয়ে বলবে ভেবেছিল, কিন্তু ও আর ফিরে যায় নি। আমাকেই ওকে বুঝিয়ে বলার জন্য বলল। মেয়েটির জন্য ও মাসহারার ব্যবস্থা করে দেবে যাতে ওর কোন অসুবিধা না হয়। সব সময় ও পাশেই থাকবে।

এতদিন ধরে যে সম্পর্কটা গড়ে তোলা হয়েছে, তা যে মেয়েটির পরিবার বা সমাজের পক্ষে কোনওভাবে মেনে নেওয়া সম্ভব নয়, এ ব্যাপারটা এখন পরিষ্কার। তাই বাঁচার অন্য রাস্তা মেয়েটিকে এখন খুঁজে নিতে হবে। এভাবে বাঁচা যে বাঁচা নয়, মৃত্যু এর থেকে অনেক সুখের, এই চিন্তাই তাকে ধীরে ধীরে গ্রাস করতে লাগল।

পরদিন আবার দুজনকে নদীর ধারে একসঙ্গে বসতে দেখে বেশ অবাকই হলাম। হাতে মাত্র আর দু তিন দিন সময়, তারপরেই ছেলেটি বাড়ি চলে যাবে। বিয়েরও সব ব্যবস্থা পাকা, দুপক্ষই তৈরি, এখন শুধুমাত্র সময়ের অপেক্ষা। আমি একটু আড়ালে দাঁড়িয়ে লক্ষ্য রাখছিলাম, আবার নতুন কোন ঝামেলায় না জড়িয়ে পরে। মেয়েটি ওর হাত দুটো ধরে ঝর ঝর করে কাঁদতে লাগল। একটু সামলে নিয়ে

বলল, তুমি তো চিরদিনের মত অনেক দুরে সরে যাবে। তোমাকে ঘিরে আমার সব স্বপ্ন আমি সুবর্ণরেখার ঢেউয়ে ভাসিয়ে দিয়েছি। তোমাকে কোনোদিন আর বিরক্ত করব না। আমাদের এই সম্পর্কের কথাও কেউ কোনদিন জানতে পারবে না। আমাকে শুধু শেষবারের মত তোমার সঙ্গে একটা সন্ধ্যে কাটাতে দাও। কাল সন্ধ্যেবেলায় তুমি আর আমি কিছুক্ষণ এই নদীর পাড়ে একসঙ্গে কাটাব। এই নদীর পাড়েই যে সম্পর্ক শুরু হয়েছিল কাল এখানেই তাকে আমরা শেষ করে দেব। তারপর তুমি নিজের জীবন শুরু করবে। আর কোনদিন আমাদের দেখা হবে না। আমি নিজের হাতে তোমার জন্য তোমার প্রিয় খাবার বানিয়ে আনব, আর কেউ কিছু জানবে না। তোমার কাছে এইটাই আমার শেষ চাওয়া, না বল না। ছেলেটিও কিছুক্ষণ ভেবে রাজী হয়ে গেল। পরেরদিন মেয়েটিকে দেখলাম মন দিয়ে কিছু খাবার বানাতে। ও কদিন ধরে আমার বাড়িতেই থাকছিল। কথামত সন্ধ্যেবেলা একটু সাজগোজ করে খাবার দাবার নিয়ে নদীর ধারে চলে গেল। আমাকে বলেও গেল যে কিছুক্ষণ পরে ফিরে আসবে। নদীর ধারে গিয়ে দেখলাম ও বসার জায়গাটা সুন্দর করে পরিষ্কার করে দিল। পাশে একটা কাগজের উপর জড় করে রাখা দুটো বেল ফুলের মালা। ওর হাতে তৈরি খাবার ও পানীয়ের ব্যবস্থাও রয়েছে। দেখে একটু অবাকই হলাম। শেষ দেখার দিনে মনের ভিতর ক্ষোভ দুঃখের বোঝা বয়ে এত আয়োজন। ছেলেটিও কিন্তু কথার খেলাপ করে নি। ঠিক সময়ে এসে গেল। দেখেশুনে মনে হল ওর মনেও মেয়েটির জন্য যেন একটা জায়গা রয়ে গেছে। আমি একটু আড়াল থেকেই নজর রাখছিলাম, যাতে ওদের মনে কোন সন্দেহ না জাগে। নিজেদের মত করেই সন্ধ্যেটা উপভোগ করতে পারে। মেয়েটির কাছে নিঃসন্দেহে এটা একটা বড় পাওনা।

মেয়েটি ওর হাত দুটো জড়িয়ে ধরে আসনের উপর বসিয়ে দিল। আদর করে ওর গলায় পরিয়ে দিল নিজের হাতে গাঁথা বেল ফুলের মালা আর অন্য মালাটা ছেলেটির হাতে দিয়ে বলল পরিয়ে দিতে। জ্যোৎস্নার আলো আর বর্ষার দুকুল ভাসানো সুবর্ণরেখার জলোচ্ছ্বাস সমস্ত পরিবেশকে এক স্বর্গীয় মহিমায় ভরিয়ে দিল। মেয়েটির চোখেমুখে এক পরমপ্রাপ্তির উচ্ছ্বাস যেন চোখে পড়ল। নদীর পাড়ে আর কাউকে চোখে পরল না। বর্ষার সন্ধ্যে, তার উপর আবার কিছুক্ষণ আগেই বৃষ্টি হয়ে গেছে। ওদের এই কাছে আসাটা তাই একান্তেই ঘটল। মেয়েটি পাতার থালায় সুন্দর করে সাজিয়ে খাবারগুলো ছেলেটির সামনে রেখে দিল। একটা পাখা দিয়ে ধীরে ধীরে বাতাস করতে লাগল। তৈরি করে আনা পানীয় গ্লাসে ঢেলে ঢেলে দিতে লাগল। মেয়েটির মুখটা দেখে মনে হচ্ছিল যে, জীবনের চাওয়া পাওয়ার সব হিসেব যেন মিলে গেল। চাঁদের আলো তার মুখের হাঁসিটাকে দ্বিগুণ উজ্জ্বল করে দিচ্ছিল। এই অবধি সবই ঠিকঠাক চলছিল। মেয়েটির ওই আনন্দঘন মুখচ্ছবি আমার মনটাও হালকা করে দিয়েছিল।

কিছুক্ষণ পরে চিত্রটা অনেকখানি পালটে গেল। ছেলেটি কেমন যেন ঢলে ঢলে পড়তে লাগল আর তারপর একসময় নিস্তেজ হয়ে নদীর ধারে মাটীর উপরেই শুয়ে পড়ল। দেখে মনে হল দেহে যেন কোন সার নেই। মেয়েটি কাছে এসে অচৈতন্য শরীরটাকে আস্তে আস্তে ভাল করে শুইয়ে দিল।

ছেলেটির বুকের উপর শরীরটা জড়িয়ে ধরে খানিকক্ষণ শুয়ে থাকল এবং তারপর উঠে ঝর ঝর করে কাঁদতে লাগল। পাগলের মত বলতে লাগল আমাকে ক্ষমা কোর, তোমাকে ছেড়ে আমি বাঁচতে পারব না। আমিও তোমার সঙ্গে যাচ্ছি, আমরা একসঙ্গেই থাকব। খানিকটা পানীয়, যা ছেলেটির গ্লাসে অবশিষ্ট ছিল তুলে নিজের মুখে ঢেলে দিল আর ফুল খাবার দাবার সব নদীর জলে ভাসিয়ে দিল। তারপর পাগলের মত ছুটে গিয়ে ঝাঁপিয়ে পড়ল উত্তাল সুবর্ণরেখার বুকে। আমি ছুটে আটকাতে গেলাম, ও হাত ছাড়িয়ে চলে গেল। চোখের নিমেষে কোথায় টেনে নিয়ে চলে গেল সুবর্ণরেখার উত্তাল জলরাশির লাগামছাড়া ঢেউ। আমিতো এই দৃশ্য দেখার জন্যে এখানে ছিলাম না। ভেবেছিলাম এর পর মেয়েটি হয়ত নতুন করে বাঁচার পথ খুঁজে পাবে। ছেলেটি তার কথা রেখেছে, এসে সঙ্গ দিয়েছে। কিন্তু চোখের সামনে একি ঘটে গেল।

আমার হাত পা কাঁপছিল। শরীরে একটা ভীষণ অস্বস্তি হচ্ছিল। কি করব ঠিক করতে পারছিলাম না। মনে হচ্ছিল আমারও বোধহয় দিন শেষ হয়ে এল। আমি মাটিতেই বসে পরলাম। এই কিছুক্ষণ আগেই কত কি ঘটছিল। নদীর পাড় যেন সুবর্ণরেখার উত্তাল ঢেউ আর চাঁদের আলোর উচ্ছ্বাসে কত উজ্জ্বল হয়ে উঠছিল। চোখের সামনে সুনামির ঝড় যেন সব ওলটপালট করে দিল, সব স্বপ্ন ভেঙ্গে গুঁড়িয়ে দিল। কে যে ঠিক, কে বেঠিক কিছু বোঝার আগেই সব শেষ হয়ে গেল। ছেলেটির দেহে আর প্রান নেই, সুন্দর মুখটা যেন তখনও কিছু

বলতে চাইছিল। মেয়েটিও চোখের সামনে এক নিমেষে কোথায় হারিয়ে গেল চিরদিনের মত । আমার আর কিছু করার ছিল না । কাউকে এসব কথা বলতেও পারব না । সারা জীবন এই যন্ত্রণা বুকে বয়ে বেড়াব । ভেবে দেখলাম ওখানে ওইভাবে থাকাটাও তখন বিপজ্জনক । কেউ দেখে ফেললে সমস্ত দায় আমার উপড়ই পরবে । আর কিছু চিন্তা না করে আমিও বাড়ি ফিরে গেলাম। পরের দিন সকালবেলায় নদীর পাড়ে ঘুরতে আসা মানুষজনের নজর কারল ঘটনাটা । সবাই বিস্মিত, নদীর পাড়ে ওই যুবকের মৃতদেহ পরে থাকতে দেখে । পুলিসের কাছেও খবর গেল । প্রায় সারাদিনই দেহটা ওখানে পরে ছিল । খবর পেয়ে ছেলেটির বাবা এবং কাকা এসে গেলেন । যে মেয়েটির সঙ্গে ওই ছেলেটির বিয়ের কথা তার বাবাও এলেন । আমি আড়ালে থেকেই সব কিছু দেখছিলাম । সামনে গিয়ে কোন নতুন ঝামেলায় আর জড়াতে চায় নি । ঘটনার দিন রাত্তিরে বাড়ি ফেরার পর আমি সারারাত ওইসব নিয়েই চিন্তায় মগ্ন ছিলাম । একদম ঘুমতে পারি নি । নিজেকে তাই ক্লান্ত লাগছিল । ওদের মুখগুলো বার বার ফিরে ফিরে সামনে ভাসছিল । কিছুই ভুলতে পারছিলাম না । মাঝে মাঝে নিজেকেও যেন অপরাধী মনে হচ্ছিল । চোখের সামনে কত কিছু ঘটে গেল । আমি কিছুই করতে পারলাম না। মেয়েটির বাবাকে যেন ভীষণ বিরক্ত লাগছিল। এই দুঃখজনক পরিস্থিতির মধ্যেও ছেলের বাবাকেই এর জন্য দায়ী করছিলেন । ছেলে যে আত্মহত্যা করেছে সেটা ধীরে ধীরে সবাই দেখলাম মেনে নিচ্ছে । পুলিশও দেখলাম কথাটা মেনে নিচ্ছে । মেয়েটির বাবা খুব চিন্তিত । বিয়ের দিন ঠিক সময়ে মেয়ের বিয়ে দিতে না পারলে, মেয়ে লগ্নভ্রষ্টা হবে । আর কোন উপায় নেই, ওর ভালবাসার ছেলেটির সঙ্গেই বিয়ে দিতে হবে । ছেলেদের আর্থিক অবস্থা মোটেই ভাল নয় । তাই মেয়ের অমতেই এই বিয়েটা ঠিক হয়েছিল । মেয়েরই জিত হল । ছেলেটির বাবাও আত্মহত্যার কারন খুঁজে পাচ্ছিলেন না । কোন সমস্যা থাকলে

ও তো জানাতে পারত । এই রাস্তা কেন বেছে নিল। মাঝে মাঝেই কান্নায় ভেঙ্গে পড়ছিলেন । বেলা বাড়তে আস্তে আস্তে ভিড়ও পাতলা হতে লাগল । আমিও ধীরে ধীরে বাড়ি ফিরে গেলাম ।

ক্লান্ত অবসন্ন শরীরে মনের মধ্যে অনেক কথা ঘুরে ঘুরে আসছিল । ছেলেটি এতবর একটা ভুল না করলে ওর জীবনও অন্য খাতে বইত । এই নির্মল সবুজ মনের মেয়েরা সত্যিকারের ভালবাসতে জানে । এরা কি পায় নি তার হিসেব কষে না । যা পেয়েছে তাই নিয়ে ভাল থাকে । জলসাঘরের ঝাড়বাতির মত রাত পোহালেই যে এদের জ্বলবার প্রয়োজন ফুরিয়ে যায়, তা এখন অতীত । এখন সবাই নিজের মত করেই বাঁচতে চায় । এদের ভালবাসায় কোন খাদ থাকে না । কিছু টাকা দিয়ে তাই ওদের কেনা যায় না । এখন সবাই নিজের মত করে বাঁচতে জানে । তাদের বাঁচতেও দিতে হবে । এটাই ধ্রুব সত্য । এই সত্যকে মেনেই প্রয়োজন মানসিকতার আমুল পরিবর্তনের । না হলে এই ভাবেই তার মুল্য চোকাতে হবে । এই একটা ঘটনা কতগুলো সংসারের উপর ঝড়ের দাপটে আছড়ে পরে সব কিছু তছনছ করে দিল । তিলে তিলে গড়া সব স্বপ্ন ভেঙ্গে চুরমার করে দিল। যে ঘন কালো মেঘ পরিবারগুলোকে এই নিশ্ছিদ্র অন্ধকারে ছেয়ে ফেলল, হাজার সূর্যের উজ্জ্বল আলোও কোনদিন কি তাকে মুছে দিতে পারবে।

এত অন্ধকারের মধ্যে একটু হালকা আলোর ছোঁয়া, যে মেয়েটির সঙ্গে বিয়ে হতে চলেছিল, সে তার ভালবাসার লোকের কাছেই ফিরে যাচ্ছে। সম্পদের ঝাপটা ওদের বিচ্ছিন্ন করতে পারল না । আদিবাসী মেয়েটি নিজে সব কিছু হারালেও, ওই মেয়েটিকে তার ভালবাসার মানুষের কাছেই পৌঁছে দিয়ে গেল ।

ঠিকানা বৃদ্ধাশ্রম

ডাঃ দেবদত্ত চৌধুরী কলকাতা থেকে ভালভাবে ডাক্তারি পাশ করার পর স্কলারশিপ নিয়ে ইংল্যান্ডে চলে যান উচ্চশিক্ষার তাগিদে। পড়াশুনা শেষ করে ওখানকারই এক নামকরা হাসপাতালে যোগ দেন। ধীরে ধীরে প্রতিষ্ঠা লাভ এবং ওখানেই পাকাপাকিভাবে বসবাস শুরু। নামডাক প্রচুর, একজন হৃদরোগ বিশেষজ্ঞ হিসাবে খ্যাতির চুড়ায় দাঁড়িয়ে। ভারতে, বিশেষ করে কলকাতায় মাঝেমধ্যেই আসতে হয় বিভিন্ন হাসপাতাল এবং অন্যান্য সংগঠনের ডাকে সাড়া দিয়ে। অবশ্য গত কয়েকবারের আসার পেছনে একটা ব্যক্তিগত উদ্দেশ্যও আছে। যে প্রশ্নটা কয়েক বছর ধরে তার পিছু ছাড়ছে না, তারই জবাব খোঁজা।

প্রকৃত ব্যাপারটা বুঝতে হলে ফেলে আসা পথ ধরে বেশ খানিকটা পিছিয়ে যেতে হবে। নমিতা চৌধুরী তখন এক সরকারি স্কুলের প্রধান শিক্ষিকা। অনেক ঝড়ঝাপটা সামলে, দুর্যোগের কালোমেঘের ভ্রুকুটি এড়িয়ে আজ এখানে পৌঁছেছেন। বাবা মা গ্রাজুয়েট হওয়ার পরই পাত্র দেখে বিয়ে দিয়ে দিয়েছিলেন। একটা পুত্রসন্তানও হয়েছিল। বছর ছয়েক পর স্বামী হৃদরোগে আক্রান্ত হয়ে মারা গেলেন। শ্বশুর বাড়িতে শুরু হয় চুরান্ত অবহেলা। ছেলেকে কোলে নিয়ে বাবা মার আশ্রয়েই ফিরে যান। নিজে পড়াশুনা করে এম এ এবং বি এড পাস করে স্কুলের চাকরিতে যোগ দেন আর সঙ্গে থাকে ছেলেকে মানুষ করে তোলার আপ্রাণ প্রচেষ্টা। বাবামার আর্থিক অবস্থাও ভাল নয়। অনেক টানাপড়েনের মধ্যে দিন কাটতে থাকে। চাকরিসুত্রে বাবা মার থেকেও দূরে চলে যেতে হয়। ছেলেকে অনেক অসুবিধা এড়িয়ে ধীরে ধীরে বড় করে তুলেছেন। ছেলে এখন বড় হয়েছে। সে এখন ইলেকট্রিক্যাল ইঞ্জিনিয়ার। ভাল কোম্পানিতে চাকরি করে। চাকরীসুত্রে বাইরে বাইরে থাকতে হয়। এইভাবেই জীবননদী এঁকে বেঁকে এগিয়ে চলছিল।

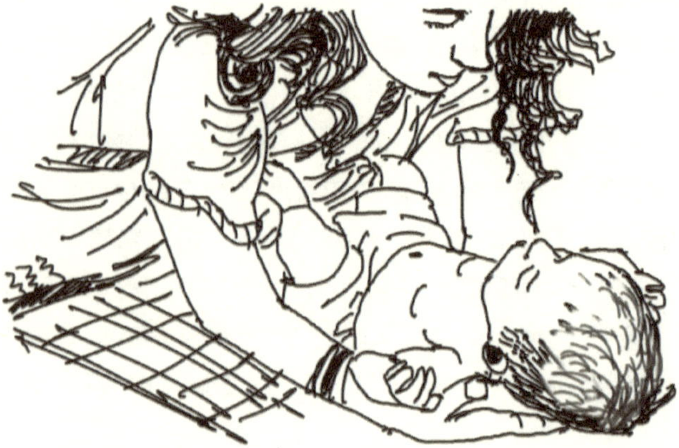

এক ঘনঘোর বর্ষার সকালের ঘটনা যেন চলার পথে অনেক পরিবর্তন নিয়ে এল । কালোমেঘাচ্ছন্ন আকাশভাঙ্গা বৃষ্টি চারিদিক ঘিরে যেন মেতেছে তাণ্ডব নৃত্যে । জানলা দিয়ে যতদূর চোখ যায়, সব যেন ঘষা কাঁচের পর্দায় ঢাকা । সাত সকালের এই পরিবেশ মনকে করেছে ভারাক্রান্ত, আর কপালে ফেলেছে চিন্তার ভাঁজ । নমিতা চৌধুরী চায়ের কাপ হাতে জানলার পাশে বসে বর্ষার এই রুদ্ররুপ দেখছেন আর মনে মনে প্রমাদ গুনছেন । আজ শেষ অবধি স্কুল যাওয়ার প্ল্যান না ভেস্তে যায় । আজ আবার একটা জরুরি মিটিং রয়েছে । সাতপাঁচ ভাবতে ভাবতে কেমন যেন ঝিমুনি এসে যায় । হঠাৎ কানে যায় এক করুণ আর্ত চিৎকার । মনে হল যেন কোন সদ্যজাতর অসহায় আর্তনাদ । ছাতা নিয়ে নীচে নেমে এদিক ওদিক খুঁজতে শুরু করলেন। আস্তে আস্তে আওয়াজ যেন বাড়ছে । অবশেষে দেখতে পেলেন নালার মধ্যে এক নবজাতকের কাদামাখা শরীর ।

গলার স্বর যেন ক্ষীণ হয়ে আসছে । খাবার জোটেনি, ঠাণ্ডা জলে ভিজে শরীর যেন নিস্তেজ । আর কিছুক্ষণ এই ভাবে থাকতে হলে প্রাণ

সংশয় অবধারিত। নীচু হয়ে ওর কাদামাখা শরীরটা তুলে মোটা কাপড়ে জড়িয়ে হাসপাতালে নিয়ে গেলেন। সঙ্গে সঙ্গে ডাক্তাররা সমস্ত প্রয়োজনীয় ব্যবস্থা নেওয়ায় আস্তে আস্তে সুস্থ হতে থাকে। ওর ক্ষীণ কণ্ঠের করুণ কান্না শুনে কেউ আর চোখের জল আটকাতে পারে নি। যেন আবার ওর জন্ম হল, নতুন জীবন ফিরে পেল। জন্মদাত্রী মা তাকে নর্দমার নোংরা জলে ভাসিয়ে মৃত্যুর পথে ঠেলে দিয়ে গেছে, আর এক অজানা, অচেনা নতুন মা তাকে আবার জীবনের পথ দেখিয়েছে। সত্যি মানুষের মুখোশ পরা এরা কোন মা। এই মানসিকতা যেন কালো মেঘের থেকেও আরও গাঢ় অন্ধকারে ঢেকে রেখেছে আমাদের চারপাশ। তখন সত্যিই মনে হয়, এ কোন সকাল যা রাতের চেয়েও অন্ধকার।

সুস্থ হয়ে ওঠার পর ওর কচি মুখের নির্মল হাসি নমিতার মনে ভীষণ দোলা দেয়। হাসপাতালের ডাক্তার, নার্স এবং থানার ওসির একান্ত অনুরোধে শিশুটির পুরো দায়িত্ব নিজের হাতে তুলে নেন। শুরু হয় এক নতুন সংগ্রাম। ধীরে ধীরে ছেলেটি বড় হতে থাকে। বোধবুদ্ধির নিরিখে সাধারনের থেকে সে যে অনেক এগিয়ে, তার প্রমাণ মেলে পদে পদে। নমিতাও সব রকমভাবে সর্বশক্তি দিয়ে মাতৃস্নেহে তাকে বড় করতে থাকে। এতদিন বাদে কুড়িয়ে পাওয়া ছেলের জন্য মায়ের এত দরদ দেখে বড়ছেলে মানসিকভাবে ভীষণ বিরক্ত। মন থেকে এটা মেনে নেওয়াও তার পক্ষে সম্ভব নয়। মনে প্রশ্ন জাগে তাকে মা সত্যি সত্যি কতটা ভালবাসে তা নিয়েও। মনে মনে মায়ের সঙ্গে তার দূরত্বও বাড়তে থাকে।

এদিকে নমিতা কুড়িয়ে পাওয়া ছেলের নাম রেখেছেন দেবদত্ত চৌধুরী। দিনের সঙ্গে তাল রেখে মাতৃস্নেহে তাকে বড় করে তুলেছেন। অসম্ভব মেধাবী ছাত্র। ডাক্তারি পাশ করার পর মেধার জোড়ে স্কলারশিপ নিয়ে বিদেশ পাড়ি দেয়। ধাপে ধাপে আরও ওপরে উঠে যায়। এই

সাফল্যের আলোয় মায়ের মনও উজ্জ্বল হয়ে উঠত। এ সব যে নমিতার মানবিকতা বোধ আর মাতৃরূপে সব সময় তার পাশে থাকার পুরস্কার, তাই ভেবে মনটা ভাল হয়ে যায়।

সুখ দুঃখের ঢেউ জীবন নদীতে বারবার আলোড়ন তোলে। সবাই সুখী হতে চাইলেও সবার জীবনে বোধহয় সুখ সয় না। নমিতার বড় ছেলে ভাল চাকরিবাকরি করলেও মানসিক ভাবে যেন খুব বিপর্যস্ত। মা বোধহয় কুড়িয়ে পাওয়া ছেলেকেই বেশি আপন করে নিয়েছে, এই চিন্তাটাই যেন তাকে বিদ্ধস্ত করে। ছেলের বিয়ে দেওয়ার পরে দূরত্বটা যেন আরও বেড়ে যায়। ছেলের বউ আর শ্বশুরবাড়ির সবারই চিন্তা, যে এই ভাবে চললে সম্পত্তির ভাগাভাগির সময়ও এর প্রভাব ভালভাবেই পরবে। এই ভাবনা ছেলের মনকেও যেন বিষিয়ে দেয়। এই অভিমানের আগুন মনে জ্বেলেই সে বৌমাকে নিয়ে ইংল্যান্ডে পাড়ি দেয়। অন্যদিকে দেবদত্ত সুপ্রতিষ্ঠিত হয়ে ইংল্যান্ডেই বাড়ি গাড়ি কিনে পাকাপাকিভাবে বসবাস শুরু করে। নমিতার বড় ছেলে আবার তার পালিত পুত্রকে অতীত ইতিহাস ভাল করে বুঝিয়ে দেয়। সে যে নর্দমা থেকে কুড়িয়ে পাওয়া পালিত পুত্র, সে কথা জানার পর দেবদত্ত বেশ ভেঙ্গে পরে। এই সত্য গোপন রাখার জন্য অভিমানে নমিতার থেকে সে যেন অনেকটা দূরে সরে যায়। নমিতার আপত্তি অগ্রাহ্য করেই এক ইংরেজ রমণীর সাথে ঘর বাঁধে। আস্তে আস্তে যোগাযোগও বিচ্ছিন্ন হয়ে যায়। বুঝতে বাকি থাকে না যে, দুজনই আর তার সঙ্গে সম্পর্ক রাখতে চায় না। নমিতা মানসিকভাবে ভীষণ একা হয়ে যায়।

এইভাবে কেটে যায় অনেকগুলো বছর। সবারই বয়স বাড়ে। স্কুলের চাকরি থেকে কয়েক বছর আগেই অবসর নিয়েছেন। অবসর নেওয়ার পর যা টাকাপয়সা পাওয়া গেছে, সবই ব্যাঙ্কে গচ্ছিত আছে। একলার সংসার, পেনশনের টাকায় ভালভাবেই চলে যায়। একা একা

চলার এই দিনগুলো যেন আর কাটতে চায় না। কেবলই ছেলেদের কথা মনে হয়। নাতিনাতনিদের সাথে দিনগুলো কত ভালভাবে কাটত। একা একা বসে সব ভাবতে ভাবতে চোখের জল ধরে রাখা যায় না।

জীবন নদী নিজের মত বয়ে চলে। চলার পথের দুই ধারে ঘটে চলে পট পরিবর্তন অনবরত। দেবদত্তও একদিন নিজের ভুল বুঝতে পারে। যে তাকে নর্দমার পাঁক থেকে তুলে আজকের উচ্চতায় নিয়ে এসেছে, সেই তার আসল মা। কে জন্ম দিয়েছে, কে তাকে নর্দমায় ফেলে মারতে চেয়েছে, সে খবর আজ অবান্তর। একান্তে আত্ম বিশ্লেষণে এটাও ভাল বুঝতে পারে মায়ের কাছ থেকে দূরে সরাবার জন্যই দাদার এই নাটক। এতদিন এই দেবীকে ভুলে থেকে মহাপাপের কাজ করেছে। এর প্রায়শ্চিত্ত তাকেই করতে হবে। সে জানে এর দায় আর কারুর ওপর বর্তাবে না। তাই যখনই কলকাতায় আসে, সে খুঁজে বেড়ায় তার হারান মাকে হন্যে হয়ে। কোথাও খোঁজ পায় নি। যে বাড়িতে ও বড় হয়েছে সেটাও বিক্রি হয়ে গেছে। কেউ বলতে পারছে না এখন কে কোথায় আছে।

এরই মধ্যে একদিন হাসপাতালে কাজের ফাঁকে তার এক পরিচিত বন্ধুর সাথে দেখা। ওরা একই কলেজে একসঙ্গে পড়াশুনো করেছে, একসঙ্গেই পাশও করেছে। সেও এখন কলকাতার নাম করা ডাক্তারদের মধ্যে একজন। সেই জানাল যে এক বৃদ্ধাশ্রমে তাকে প্রায়ই যেতে হয় এক সামাজিক প্রতিষ্ঠানের অনুরোধে। বৃদ্ধাশ্রমটির নাম তার মায়ের নামে। পরের দিনই দুজনে মিলে সেখানে হাজির হল। যদি ফেলে আসা ইতিহাস থেকে কিছু জানা যায়। এখন যিনি দায়িত্বে আছেন, বন্ধু তার কাছেই নিয়ে গেল। বয়স্ক, ভদ্ররুচির মানুষ। বৃদ্ধাশ্রম যেন তাঁর প্রাণের চেয়েও প্রিয়।

বন্ধু পরিচয় করিয়ে দিলেন এবং তার আসার উদ্দেশ্য জানিয়ে সাহায্য করতে বললেন। নামটা শুনে যেন ভদ্রলোক চমকে উঠলেন। আপনিই দেবদত্ত চৌধুরী ! আপনাদের কথা ওঁর কাছে কত শুনেছি। উনি ছিলেন সাক্ষাৎ দেবী, মানুষের কল্যাণ কাজে তাঁর পৃথিবীতে আগমন। আপনার আর আপনার দাদার কথা কত বলতেন। বলতেন আমার কাজ ছিল আগলে রেখে ওদের বড় করা আর জীবনে ভালভাবে প্রতিষ্ঠিত করা। সবই হয়েছে, এখন ওরা ভাল থাক - ওতেই আমার আনন্দ। আমি ক্ষোভ উগড়ে দিতাম, বলতাম বড় হয়েছে তবে মানুষ কোথায় হল। আপনার মত মায়ের সঙ্গে যারা এইরকম ব্যবহার করেছে, তাদের আমি কখনও মানুষ মনে করি না। স্মিত হেসে বলতেন ও নিয়ে তুমি ভেব না। কথায় বলে গোয়ালা মাকে যে দুধ দেয়, তাতেও একটু জল মেশায়। একটু জল থাকবেই, খাঁটি দুধ পাবে না। আপনি সেই এলেন তবে অনেক দেরি হয়ে গেল। বছর চারেক আগে সব মায়া কাটিয়ে উনি চলে গেলেন। শেষের দিনগুলো ছিল যেন একটু অন্ধকারাচ্ছন্ন, প্রায়ই দেখতাম দুচোখ জলে ভরা। আমিও নিজেকে সামলাতে পারতাম না। মাথায় হাত রেখে বলতেন অত ভেব না, মানুষ আসবে যাবে, এটাই তো জগতের নিয়ম। শুধু দেখবে মানুষের সেবার কাজ যেন থমকে না থাকে। ধুপ নিজে পুড়ে সুগন্ধ ছড়ায়, প্রদীপ নিজে জ্বলে চারিদিক আলোয় উজ্জ্বল করে। ওদের মনে রেখে কাজ করবে। প্রতিদান কখনও আশা করবে না।

এতসব হল কি করে ? আমার দাদা কি এসেছিল মায়ের সঙ্গে দেখা করতে। জানতে চায় দেবদত্ত। ভদ্রলোক বললেন সে এসেছিল আর তার পরেই সব কিছু পাল্টে গেল। জীবন নদী বয়ে গেল এক অন্য খাতে। বছর বার আগের কথা। সিকিউরিটি অফিসার ছিলাম কলকাতা এয়ারপোর্টে, আর আপনার মায়ের ফ্ল্যাটের পাশেই একটা ফ্ল্যাটে ভাড়া থাকতাম। একা থাকতাম তাই মাঝেমধ্যেই খবর নিতেন।

উনিও একাই থাকতেন, তাই সুযোগ হলেই চা খেতে ডাকতেন। খুবস্নেহ করতেন, আমিও যতটা পারি সঙ্গ দেওয়ার চেষ্টা করতাম। শৈশবেই মাকে হারিয়েছি, অনেকদিন বাদে যেন মাকে ফিরে পেলাম। একদিন সকালে আপনার দাদার সঙ্গে পরিচয় করিয়ে দিলেন। একাই এসেছেন, কিছু কাজ শেষ করে মাকে নিয়েই নাকি ফিরে যাবেন। জানতে পারলাম ফ্ল্যাটটা বিক্রি হয়ে গেছে আর টাকাটা ব্যাঙ্কে জমা পড়েছে, যার নমিনেশন আবার আপনার দাদার নামে। আপনার দাদার কথাবার্তা বা চালচলন আমার মোটেই ভাল লাগেনি। সিকিউরিটির লোক তাই বরাবর নজর রেখেছিলাম। আপনার মা ওকে ভালমনেই বিশ্বাস করেছিলেন। মৃদু হেসে বলে ছিলেন, দেখ ও ঠিক আমাকে নিয়ে যেতে এসেছে। সোনাদানা ভরা ব্যাগটা আগেই সরিয়ে রেখেছিলাম যাতে সব কিছু ঠিকঠাক না হওয়া অবধি, কোনভাবেই যেন ওর হাতে না যায়। তাই চেষ্টা করেও ব্যাগটা হাতাতে পারে নি। ব্যাঙ্কের টাকা নিজের নামে সরিয়ে নেওয়ার চেষ্টাও ওর সফল হয় নি। শেষ অবধি মাকে

এয়ারপোর্টে বসিয়ে রেখেই নিজে ফিরে গেল। সে দিনই আপনার মাকে প্রথম আর্তনাদ করে কাঁদতে দেখলাম। বললেন এতদিন খবর নেয় নি, কোন যোগাযোগও করেনি তাও মেনে নিয়েছিলাম। আজ আমার পাঁজরটা ভেঙ্গে গুঁড়িয়ে দিয়ে গেল। এরকম অমানুষ তৈরি করার জন্য যেন আমাকেই অপরাধী করে গেল। এখন আমি কি করব, কোথায় থাকব কিচ্ছু জানি না। আমার সাধের ফ্ল্যাটটাও ওর কথামত বিক্রি করে দিলাম। আমি জড়িয়ে ধরে রুমাল দিয়ে চোখ মোছাতে মোছাতে বললাম, আমি কি আপনার কেউ নয়, আমি পাশে থাকতে আপনার চিন্তা কীসের।

বাকি দিনগুলো আমরা মা – বেটার মত একসঙ্গে বাঁচব। আপনি আমার ফ্ল্যাটেই থাকবেন। আমিও আমার মাকে ফিরে পাব। আমি

আগলে নিয়ে গেলাম, আর সেই থেকে আমার ফ্ল্যাটই ওঁর ঠিকানা ছিল।

একদিন অফিস থেকে ফিরে দেখলাম অন্ধকার ঘরে একা বসে আছেন। চোখ দিয়ে অঝরে জল ঝরছে। কাপড়ের আঁচলটাও ভিজে গেছে। আমি কাছে বসে বললাম কি হয়েছে, আমার কাছে থাকতে কি ভাল লাগছে না! আমাকে জড়িয়ে ধরে বললেন তুমি ছাড়া তো আমার আর কেউ কোথাও নেই। তোমার জন্যই তো আমার টাকাপয়সা, গয়নাগাটি সব কাছে থাকল, নইলে তো ছেলেই সব নিয়ে যেত আমাকে ফকির করে। আজ আমি আমার অন্তরাত্মার ডাক শুনতে পেয়েছি। আমি এতদিন অন্ধ ছিলাম, খালি নিজের জন্য ছুটেছি। একের পর এক আঘাত আমার আজ চোখ খুলে দিয়েছে। শুধু আমার আমির জন্য না ছুটে ভুবনটাকে আপন করার ডাক শুনেছি।

ধীরে ধীরে অনেক কথা বললেন, আমার মনে হল আমি যেন এক মহান সাধিকার সামনে বসে তাঁর কথা শুনছিলাম। আমিও এতদিন ওনাকে ঠিকমত চিনতে পারি নি। বললেন প্রয়োজনের তাগিদেই

একজন আরেকজনকে আপন করে নেয়, সম্ভ্রম করে। বাবা মার যতক্ষণ অনেক কিছু দেওয়ার থাকে, ততক্ষণ তাদের কদর । ছেলে মেয়েদের বড় করে, প্রতিষ্ঠিত করতে তারা জীবনের সবটুকু নিঙরে দিয়ে দেয় । দেয়ার হিসেব ফুরিয়ে গেলে তারা সবাই ব্রাত্য হয়ে যায় । এইজন্যই মনে হয় বানপ্রস্থের বিঁধান ছিল । সংসারের থেকে মনটা ঘুরিয়ে একটু ভগবানের কথা ভাবা, নিজেকে আবিস্কার করা। আজ আমার আর কোন সংশয় নেই । এদের জন্যই কিছু করে যেতে হবে ।

সেই শুরু । দশ কাঠার একটা জমি অনেকদিন আগেই কেনা ছিল । ইচ্ছে ছিল বাড়ি করে শেষ জীবনটা ওখানেই কাটাবেন । তার আর কোন প্রয়োজন নেই । ইতিমধ্যে আমিও চাকরি থেকে অবসর নিয়ে নিয়েছিলাম । আমার ওপরই দায়িত্ব দিলেন সব কিছু ঠিকমত বুঝেশুনে তৈরি করার জন্য । জীবনের সব সঞ্চয় ঢেলে দিয়ে গড়ে উঠল এই বৃদ্ধাশ্রম । আর সবার সাথে আমাদের দুজনের ঠিকানাও হল এই বৃদ্ধাশ্রম । কতজন খুঁজে পেল এই নতুন জীবনের ঠিকানা । দুহাত তুলে আমাদের জয়দ্ধনি করতেন ।

ওনার চোখে মুখেও ফুটে উঠত অনাবিল প্রশান্তি। জীবনের সব কিছু যেন ওঁর পাওয়া হয়ে গেল। উনি যে সব কিছু দেখে গেলেন, উপভোগ করে গেলেন ওটাই আমার পরম প্রাপ্তি। আমার উপর যে দায়িত্ব উনি দিয়ে গেছেন, আজ অবধি তার কোনরকম অন্যথা হয় নি। আমি যতদিন বেঁচে থাকব, যতদিন শরীরে শক্তি থাকবে একচুল এদিক ওদিক আমি হতে দেব না। আমারও বয়স হচ্ছে, কবে যে আমিও চলে যাব জানি না। আজকাল তাই ওইসব চিন্তাই মাথায় জট পাকায়। আমার পরে কে এর দেখাশোনার দায়িত্ব নেবে জানি না। দেবদত্ত আর নিজেকে ধরে রাখতে পারে না। কান্নায় ভেঙ্গে পরে। জীবনে অনেক হয়েছে পাওয়া, এবার শুধু দেওয়ার পালা। আর শুধু নিজের জন্য নয়, মানুষের জন্য, সমাজের জন্য বাঁচা। মায়ের পথেই হবে পথ চলা শুরু। ওই পথেই হবে তার পাপের প্রায়শ্চিত্ত। এরপর সে কলকাতায় ফিরে আসে। নার্সিং হোম করার জন্য কেনা জায়গায় গড়ে উঠেছে আর একটি সুন্দর আশ্রম। হাসপাতালের গুরুদায়িত্ব সামলে, এই দুটি আশ্রমও তার জীবনের অঙ্গ। এইভাবেই চলে মায়ের প্রতি তার নিত্য শ্রদ্ধা নিবেদন। কে বলতে পারে, হয়ত মায়ের মতই এই আশ্রমই হবে তার শেষ ঠিকানা।

নির্মলার অন্তর্ধান

উত্তর কলকাতার পুরনো বনেদী পরিবারগুলো এখনও ছড়িয়ে ছিটিয়ে রয়েছে। আগেকার সেই জমিদার সুলভ ব্যাপার স্যাপার এখন আর না থাকলেও সবাই মোটামুটি স্বচ্ছল জীবন যাপন করেন। সবাই সবার অনেক কাছেই থাকেন, পরিবারে পরিবারে ঘনিষ্ঠতাও ঠিকমত বজায় আছে। পরিবারের উঠতি যুবকরাও মানসিকভাবে একে অন্যের অনেকটা কাছকাছি থাকার দরুন, ক্লাবঘরে তাদের নিয়ম করে আড্ডা বসে। শনিবার, রবিবার তো বটেই, অন্যান্য ছুটির দিনেও ওই আড্ডা ঘিরে উৎসাহের অভাব হয় না। সবাই মোটামুটি পড়াশুনো শেষ করে চাকরিবাকরি করে। স্বচ্ছল, সম্ভ্রান্ত পরিবারের উত্তরসূরি সবাই। দুশ্চিন্তা দুর্ভাবনার জীবন নয়। ছুটির দিনগুলো তাই নিজেদের মত করে উপভোগ করার চেষ্টা এই আড্ডাকে ঘিরে। এই আড্ডা আরও জমে ওঠে ওদের নিবারন কাকু যে দিন ওদের সঙ্গ দেন।

নিবারন সান্যাল এই অঞ্চলের অনেক পুরনো বাসিন্দা, ওঁর তিন পুরুষের বাস এখানে। এই অঞ্চলের সবকিছু তাই অনেক বেশী আপন। পাড়ার ছেলেদের এবং তাদের পরিবারের অনেককেই ভাল করে চেনেন। পশ্চিমবঙ্গ পুলিশের বড় অফিসার হিসাবে অনেক বছর কাজ করেছেন। বেশ উচ্চপদে থেকেই অবসর নিয়েছেন। খুব সহজভাবে সবার সঙ্গে মিশতে পারেন। কার্যোপলক্ষ্যে অনেকদিনই বাইরে বাইরে কেটেছে। কাজের সুত্রে অনেক ঘটনাই মনে গভীর দাগ কেটে গিয়েছে। এই অবসর জীবনে সেই সব ঘটনাগুলো মাঝে মাঝেই মনের কোনে উঁকি দেয়।

নিবারন কাকু সবারই অনেক কাছের মানুষ, উনি যেন আড্ডায় নতুন প্রান সঞ্চার করেন। সবার দাবি মেনে কর্মজীবনের নানা ঘটনা তাদের সামনে তুলে ধরা ওঁর একটা বড় কাজ। এগুলো সবাইকে রোমাঞ্চিত করে এবং সাথে সাথে জীবনের চলার পথে নানা বাঁকের

ব্যাপারে সতর্কও করে । আবার ওঁর একঘেয়ে অবসরের দিনগুলোতেও একটু আলোড়ন জাগে।

এইসব ঘটনাগুলো স্বভাবতই স্থান কাল পাত্র পরিবর্তন করেই বলা হয়, এটা আড্ডার সঙ্গে যুক্ত সবারই মোটামুটি জানা। নিবারন কাকুর আজকের ঘটনাস্থল বীরভূমের। উনি তখন ওই অঞ্চলের থানার বড় কর্তা ছিলেন। ওঁর ছিমছাম ব্যবহার এবং আসল সত্যিটা রাখঢাক না করে বলার ক্ষমতার জন্য সবাই শ্রদ্ধা করত এবং ভালও বাসত। এটা সবারই জানা ছিল যে টাকার লোভ দেখিয়ে তাঁকে কেনা যাবে না। ওঁর এলাকার মধ্যেই বেশ কয়েকটি সম্ভ্রান্ত এবং উচ্চবিত্ত পরিবারের বাস। এলাকার সবাই তাঁদের সন্মানের চোখেই দেখে । এদেরই একজন ছিলেন গৌতম সমাদ্দার, প্রচুর জায়গাজমি এবং অর্থসম্পদের মালিক। ওঁর বাবা চাকরি জীবনে তখনকার দিনের এক রাজার পার্ষদ ছিলেন। ওঁর নির্লোভ এবং সৎ প্রচেষ্টার জন্য রাজা অনেক বড় বড় বিপদের হাত থেকে নিজেকে বাঁচাতে পেড়েছিলেন। রাজা সেইজন্য তাঁকে খুব ভালবাসতেন। অবসর নেওয়ার পর রাজা তাঁকে অনেক জমি এবং প্রাসাদোপম বাড়ি দান করেছিলেন এবং ভাল অর্থ সম্পদও দান করেছিলেন। এত কিছু নিয়ে এখানেই এসে বসবাস শুরু করেন। অবসর জীবন ভালই কাটছিল। রাজা মাঝে মধ্যে তলব করলে উনি গিয়ে সাহায্য করে আসতেন এবং শলাপরামর্শও দিয়ে আসতেন। দ্বিতীয় বিশ্বযুদ্ধের সময় লোহার ব্যবসা করে অর্থ সম্পদ অনেকগুণ বাড়িয়ে নেন। কালের নিয়মে উনিও একদিন পৃথিবীর মায়া কাটিয়ে চলে গেলেন । ওঁর একমাত্র পুত্র গৌতম সমাদ্দার সব কিছুর উত্তরাধিকারী হলেন। চলে যাবার আগে বাবা মাথায় হাত রেখে বলে গিয়েছিলেন, অনেক কষ্টার্জিত এই সম্পদ, একে আরও বাড়াতে যদিও বা না পার, অপচয় কোর না। বাবার প্রতি ছিল তাঁর সীমাহীন শ্রদ্ধা এবং অটুট ভালবাসা। বাবার কথাগুলো মনের গভীরে সঞ্চিত ছিল।

এই সম্পদ রক্ষা করা এবং অপব্যবহারের হাত থেকে বাঁচান ছিল তাঁর জীবনের মূল লক্ষ্য । তাঁর দুই ছেলেকেও সেইভাবে মানুষ করার আপ্রান চেষ্টা চালিয়ে গেছেন, যাতে তারাও এই মূল লক্ষ্য থেকে একচুলও সরে না যায় । ছেলেরা ধীরে ধীরে বড় হতে লাগল । আন্তরিক চেষ্টার কোন খামতি ছিল না । কিন্তু একটা সময়ের পর তাদের জীবন দৃশ্যতই লাগামছাড়া গতিতে এগতে শুরু করে । কলকাতায় গিয়ে কলেজে ভর্তি হওয়া এবং কলেজ হোস্টেলের বাধ্যবাধকতাহীন স্বাধীন জীবন, তাদের জীবনযাত্রায় অনেক পরিবর্তন নিয়ে আসতে থাকে ধীরে ধীরে । সময় গড়িয়ে যায় নিজের গতিতে । ছেলেদের এই অনভিপ্রেত জীবনযাপনের খবর ক্রমশ পৌঁছে যেতে থাকে গৌতম বাবুর কাছে । তিনি বেশ বুঝতে পারেন যে সব কিছু যেন তাঁর হাতের বাইরে চলে যাচ্ছে ক্রমশ ।

দেখতে দেখতে দুই ছেলেই বড় হয়ে ওঠে । বড় ছেলের জীবনযাত্রা এক অন্য পথে বাঁক নিয়েছে। মাদকাসক্তি এবং জুয়া খেলার প্রতি অবাঞ্ছিত আকর্ষণ তার জীবনযাত্রাকে যে কোন মুহূর্তে ধ্বংসের পথে নিয়ে যেতে পারে । তার উপর তাই গৌতম বাবুর আস্থা রাখা সম্ভব ছিল না । এত বড় অর্থসম্পদ এবং ধনসম্পত্তি সামলানোর মত মানসিকতাও তার ছিল না । ছোট ছেলে যেন গৌতম বাবুর থেকে ক্রমশ দুরে সরে যাচ্ছিল । এম এ পাশ করার পর কলকাতার একটি নামী স্কুলে চাকরি নিয়েছিল । কিন্তু মাইনে যা পেত তাতে একার খরচ খরচা মোটামুটি চলে যেত । রেসের এর মাঠ আর নাইট ক্লাব বড় আকর্ষণের জায়গা তার কাছে । এইসব দেখেশুনে গৌতম বাবুর কপালে তাই চিন্তার বড় ভাঁজ । তাঁর পর এই সুবিশাল সম্পত্তির রক্ষণাবেক্ষণ করবে কে । তাঁর মৃত্যুর পর কি তিল তিল করে গড়ে তোলা এই বিশাল ধনসম্পদ কালের স্রোতে ভেসে যাবে। বাবার কাছে দেওয়া তাঁর অঙ্গীকার কি বিফলে যাবে, জীবনভোর যে সংগ্রাম করে

গেলেন তাও কি ব্যর্থ হয়ে যাবে। এই দুশ্চিন্তার মধ্যেই প্রতি দিন কাটে। বংশের পরম্পরাও তো ধরে রাখতে হবে। গৌতম বাবুর কেবলই মনে হয়, হাতে বোধহয় আর সময় বেশী নেই। পাকাপাকি ভাবে কোন ব্যবস্থা না করে গেলে, সমস্ত কিছু ঠিকমত সামলানো কারুর পক্ষেই সম্ভব হবে না, নস্যাৎ হবে এতদিন ধরে তিল তিল করে গড়ে তোলা স্বপ্ন। বাবাকে দেওয়া অঙ্গীকারও মাটীতে মিশে যাবে, উনি মরেও কখন শান্তি পাবেন না। দুশ্চিন্তাই যেন হয়ে ওঠে নিত্য সঙ্গী।

এরই মধ্যে তাঁর স্ত্রী আকস্মিকভাবে অসুস্থ হয়ে পড়লেন। মানসিক দুশ্চিন্তা যে তাঁকেও গ্রাস করেছিল সে ব্যাপারে বিন্দুমাত্র সন্দেহের অবকাশ ছিল না। এক সপ্তাহের মধ্যেই সব চেষ্টা ব্যর্থ করে দিয়ে ওঁর স্ত্রী চলে গেলেন। যাবার আগে গৌতম বাবুর হাত দুটো ধরে বলে গেলেন, যে তাঁকে একা ফেলে চলে যাচ্ছেন, কিন্তু বাবাকে দেওয়া কথাগুলো যেন মাথায় রাখেন। সব কিছু যেন ধুলয় মিশতে না দেন। তাহলে মরেও শান্তি কখনও হবে না।

আস্তে আস্তে নিজেকে সামলে নিতে থাকেন গৌতম বাবু। জীবন নদী এঁকে বেঁকে বয়ে চলে তার নিজের পথে। বেশ বুঝতে পারেন যে তাঁর হাতেও আর বেশী সময় বাকি নেই। সময়মত সব কিছু ঠিকমত সাজিয়ে গুছিয়ে যেতে হবে। এমন একজনকে আনতে হবে যে শক্ত হাতে হালটা ধরতে পারবে। একজন সেইরকম দশভুজার সন্ধানে দিন কাটতে লাগল। অনেকের সঙ্গে এ ব্যাপারে মাঝে মাঝে আলোচনাও চলছিল। জানাশুনার মাঝে কাউকে পেলে অনেক নিশ্চিন্ত থাকা যাবে। এই সুত্রেই অনেকদিনের পরিচিত এক বন্ধু একদিন এসে হাজির হলেন। সম্পর্কটা অনেক দিনের, মাঝখানে বেশ কয়েক বছর দেখা সাক্ষাত হয় নি, কর্মসূত্রে বাইরে বাইরেই কেটেছে। ওঁর মেয়ের ব্যাপারে বিস্তারিত আলোচনা করলেন। ওঁর স্ত্রী

মারা যাওয়ার সময় মেয়ের বয়স কমই ছিল । তারপর থেকে ওই মেয়েই শক্তহাতে সংসারের হাল ধরে এগিয়ে নিয়ে এসেছে। বি এ, বি এড পাশ করার পর স্কুল মাস্টারি করে সংসারের সব দায়িত্ব নিজের কাঁধে তুলে নিয়েছে। তাঁরও তো বয়স হচ্ছে, তিনি ছাড়া মেয়ের কাছের লোক বলতে আর কেউ নেই । মেয়ের একটা সুব্যবস্থা করে যেতে না পারলে মরে গিয়েও শান্তি পাবেন না । তাঁর মেয়ের নাম নির্মলা । সত্যিকারের নির্মল মনের মেয়ে এবং সব প্রতিকুলতা সামলে চলার ক্ষমতা ওর মধ্যে আছে । কোন রকম অন্যায়ের সাথে সমঝোতা করা ওর পক্ষে অসম্ভব । এগুলো কিন্তু বাস্তব সত্য, ওঁর মেয়ে বলে কোন কিছু বাড়িয়ে বলার চেষ্টা অবান্তর ।

গৌতম বাবুও ভীষণ মানসিক যন্ত্রণার মধ্যে দিন কাটাচ্ছিলেন । বয়স তো তাঁরও হয়েছে । এইরকম একজনকেই তাঁর বিশেষ প্রয়োজন । ঘড়ের বউকে সব কিছু বুঝিয়ে সুজিয়ে তৈরি করে যাওয়াটা ভীষণ জরুরী, যাতে সে শক্তহাতে সংসারের হালটা ধরতে পারে । বিষয়সম্পত্তির ঠিকমত দেখাশোনা করতে পারে, কোন ভুল বোঝাবুঝিতে পথ না হারায় । প্রস্তাবটা তাই তাঁরও মন কেড়ে ছিল । গৌতম বাবু ছেলেদের সাথে আলোচনা করে সব ব্যবস্থা পাকা করার দিকে মন দিলেন । বড় ছেলে অবশ্য কোন ভণিতা না করে জানিয়ে দিল যে সে একাই বেশ ভাল আছে । এইসব বিয়েথার ব্যাপারে তার বিন্দুমাত্র আগ্রহ নেই । ছোট ভাই চাইলে এই বিয়ের ব্যাপারে বাবা এগোতে পারেন, সে ভাল মনেই সব কিছু মেনে নেবে । কোন সমস্যা হবে না ।

অগত্যা ছোট ছেলের সঙ্গেই কথাবার্তা শুরু হল । ছোট ছেলেও অনেক চেষ্টার পর রাজী হল, কিন্তু পরিষ্কার জানিয়ে দিল বাড়িতে ফেরার তার কোন সম্ভাবনা নেই । কলকাতাতেই থাকবে এবং বিয়ের পর বউকেও কলকাতায় থাকতে হবে । এতে রাজী হওয়া ছাড়া সামনে

কোন উপায়ও ছিল না। পরের কথা পরে ভাবা যাবে। ধূমধাম করে বিয়েটা হয়ে গেল। কিছুদিন পর নতুন বৌমাও কলকাতায় চলে গেল।

গৌতম বাবুর একা একা দুশ্চিন্তায় দিন কাটতে লাগল। বৌমাকে যে তাঁর ভীষণ দরকার। সব কিছু ভালভাবে বুঝিয়ে না গেলে, তার প্রকৃত দায়িত্বটা কখনই জানতে পারবে না এবং বিশাল এই বিষয় সম্পত্তির রক্ষণাবেক্ষণ তার পক্ষে কোন মতেই সম্ভব হবে না। তাঁর বাবাকে দেওয়া প্রতিশ্রুতি পালন করাও সম্ভব হবে না কখনই। হাতে সময় কম, তাই নানা চিন্তা মনে ঘুরপাক খেতে থাকে অনবরত। ঠিক পথে এগিয়ে যাবার রাস্তাটা ভাল করে হিসেব করে বার করে ফেলতে হবে আর বেশী সময় নষ্ট না করে।

অনেক কিছু ভেবে মাস কয়েক বাদে নিজেই কলকাতায় ছেলের কাছে চলে গেলেন। মাস তিনেক ভালই কাটল। ছেলে এখন একটা নতুন অফিসে যোগ দিয়েছে। কাজের চাপ বেশী। ছেলে অফিসের কাজে দু দিনের জন্য কলকাতার বাইরে গেল। ছেলের সামনে বৌমা ঠিকই ছিল, কোন অসুবিধা বুঝতে দেয় নি। ছেলে যাবার পর কিন্তু কান্নায় ভেঙ্গে পড়ে হাত জোড় করে বলল তাকে বাড়িতে নিয়ে যাওয়ার জন্য। তার পক্ষে এভাবে এখানে পরে থাকা আর সম্ভব নয়। অফিস যা করে করে, তারপর রেসের মাঠ নয়ত নাইট ক্লাব। মদে চূড় হয়ে বেশী রাত্তিরে বাড়ি ফেরে। কোনদিন খাবার খায় আবার অনেকদিন টলতে টলতে শুতে চলে যায়। ওর যেন কোন সম্বিতই থাকে না। আমার সঙ্গে যেন ওর কোন সম্পর্কই নেই। কিছু বলতে গেলে ভীষণ রেগে যায়। পরিষ্কার বলে দেয়, ওর জীবন এভাবেই চলবে। না পোষালে ফিরে চলে যেতে পারে। ওকে নাকি দেখাশোনা করার অনেক মেয়ে আছে। দিন দিন এ জীবন ভীষণ অসহ্য হয়ে উঠছে। আমার আত্মহত্যা করা ছাড়া গতি নেই। আপনি আমাকে বাঁচান।

গৌতম বাবু সব শুনে স্তম্ভিত হয়ে গেলেন । মনে হল যেন একটা বিরাট গর্হিত কাজ করে ফেলেছেন । নিজের স্বার্থ দেখতে গিয়ে মেয়েটির ভবিষ্যৎ কি ধুলায় মিশিয়ে দিলেন ! বিরাট জীবনযন্ত্রণার মধ্যে ওকে বাকি জীবনটা কাটাতে হবে । ওর বাবাকেই বা কি করে বোঝাবেন । বৌমার মাথায় হাত বুলতে বুলতে বললেন আমি সব বুঝতে পারছি, তোমায় শুধু একটু ধৈর্য ধরতে হবে । মাস চারেক বাদে দুর্গা পুজো । তখন ও নিশ্চয়ই বাড়িতে যাবে, বাড়ির পূজাতে তো সবাইকে থাকতেই হবে । সব কিছু দেখাশোনাও করতে হবে । আমি এর মধ্যে কিছু একটা ব্যবস্থা করছি । তুমি নিশ্চিন্ত থাক । সমস্যাটা এখন প্রধানত আমার, সুরাহার পথও আমাকেই বার করতে হবে । তুমি শুধু ছেলের সঙ্গে এসব নিয়ে কোন কথা বোলো না, ওকে কিছু জানতেও দিয়ো না । যেমন চলছে চলতে দাও । নিজেকে দিন দিন নতুন করে গড়ে তুলতে হবে। জীবনে অনেক বড় বড় ঝুঁকি সামলাতে হবে । তার জন্য প্রস্তুত হতে হবে । তুমি নিজেকে তৈরি করে তোল । আমি যতদিন বেঁচে আছি, তোমার পাশেই সবসময় থাকব ।

গৌতম বাবুর আর বুঝতে বাকি থাকল না, যে আশঙ্কার সম্ভাবনাটা মনের মধ্যে এতদিন তোলপাড় হচ্ছিল তা এখন বাস্তব রূপ নিতে চলেছে । এর থেকে বেরোবার পথ বের করতে হবে, আর এক মুহূর্ত দেরি করা যাবে না। সমস্ত কিছু সামলানো এবং রক্ষণাবেক্ষণের দায়িত্ব বৌমাকেই দিয়ে যেতে হবে । ওকে উপযুক্ত করে ভালভাবে গড়ে যেতে হবে । ছেলেদের হাতে পরলে সব কিছু যে শেষ হয়ে যাবে, তাতে আর বিন্দুমাত্র সন্দেহ নেই।

কলকাতা থেকে ফিরে এসে, সব ব্যবস্থা পাকা করার কাজই হয়ে উঠল একমাত্র লক্ষ্য । সব কাজ জোরকদমে এগোতে লাগল । পরিবারের আইন সংক্রান্ত কাজকর্ম দেখাশোনা করেন বনবিহারী সান্যাল । ওঁর বাবাও এ কাজ সামলেছেন আন্তরিকভাবে । বাবার মৃত্যুর পর এখন

উনিই সবকিছু দেখাশোনা করেন। খুব বড় মাপের উকিল, সবাই এক ডাকে চেনে। কোর্টেও খুব নাম ডাক। এত দিনের সম্পর্ক, তাই উনিই এখন প্রধান ভরসার পাত্র। গৌতম বাবু তাঁকেই ডেকে এনে সবকিছু ভাল করে আলোচনা করলেন। ছেলেদের হাতে পরলে সবকিছু যে জলে ভেসে যাবে সেটা বুঝতে আর সময় লাগল না। উকিল বাবু সব কিছু শুনে বুঝে গৌতম বাবুর ভাবনা চিন্তাকেই সমর্থন করলেন। বিষয় সম্পত্তি বৌমার হাতে তুলে দেওয়ার কথাই পাকা হল। সেইভাবে সমস্ত কাজও এগোতে লাগল। বনবিহারী বাবু এ আশ্বাসও দিলেন যে, বৌমার যাতে কোন অসুবিধা না হয়, সে বিষয়ে সব সময় সজাগ থাকবেন। গৌতম বাবু এই ব্যাপারে নিশ্চিন্ত থাকতে পারেন।

দুর্গা পুজোর সময় ছোট ছেলে বৌমাকে নিয়ে কদিনের জন্য বাড়ি এলো। বাড়ির পুজো বেশ ধুমধাম করেই প্রতি বছরই করা হয়। আত্মীয়স্বজন অনেকেই এই সময়ে বেড়াতে আসেন। আশপাশের অনেককেই নেমন্তন্ন করা হয়। পুজোর কটা দিন সবাই মিলে আনন্দ করে কাটে। কাজেরও চাপ ভালই থাকে। পুজোর সব আয়োজন করা, ভোগ বিতরণ, এতজনের খাওয়া দাওয়ার ব্যবস্থা করা এই সবের মধ্যে সবাই ব্যস্ত থাকে। গানবাজনার আসরও বসে। দিনগুলো কোথা দিয়ে যেন কেটে যায়, কেউ টেরই পায় না। পুজোর পাট সব মিটে গেলে বাড়ি আবার শান্ত হয়ে যায়। আস্তে আস্তে সবাই আবার ফিরে চলে যায়।

এবার ছোট ছেলেকেও ফিরে যেতে হবে। এর মধ্যেই একদিন বাবার কাছে তার নামে বিষয় সম্পত্তি সব কিছু লিখে দেওয়ার দাবীও জানাল। তার পক্ষে এসব সামলানো কোন সমস্যার ব্যাপার নয়। তাছাড়া দাদা এ সব ব্যাপারে থাকতে চায় না। সেইই বিষয় সম্পত্তির একমাত্র উত্তরাধিকারী। এ নিয়ে গৌতম বাবুর সঙ্গে কথা কাটাকাটিও হয়ে গেল। গৌতম বাবু এ ব্যাপারে আর কথা বাড়তে দেননি।

এদিকে আসার পরই বৌমা জানিয়ে দিয়েছে যে সে আর কলকাতায় কোনোমতেই ফিরবে না । ওই অসহ্য পরিবেশে, প্রতিদিন অপমান সহ্য করে বাঁচা অসম্ভব । ওকে আত্মহত্যার পথই বেছে নিতে হবে । দু দিন বাদে ছেলে কলকাতায় ফেরার জন্য তোরজোড় শুরু করে দিল । বৌমার ব্যাপারে পরিষ্কার ছেলেকে জানিয়ে দেওয়া হল, যে সে কলকাতায় ফিরবে না, বাড়িতেই থাকবে। পরে পশ্চাতে কলকাতা যাওয়ার ব্যাপারটা ভাবা যাবে । ছোট ছেলে ভীষণ বিরক্ত হয়েই ফিরে গেল । যাবার আগে কড়া ভাষায় বলে গেল, নির্মলাকে যেন আর কলকাতায় কোনদিন না পাঠানো হয় ।

গৌতম বাবুর আর নতুন করে ভাবার জায়গা নেই । আগামী দিনের ছবিটা তাঁর কাছে আরও পরিষ্কার হয়ে ধরা দিয়েছে । ছেলেদের হাতে পড়লে বিষয় সম্পত্তির হাল কি হবে, সেই নিয়ে আর বিন্দুমাত্র সংশয় নেই। বৌমার হাতেই সব কিছু তুলে দিয়ে যেতে হবে এমনভাবে, যাতে ভবিষ্যতে কেউ আর এ নিয়ে কোন প্রশ্ন তুলতে না পারে । ওকেও ভাল করে শিখিয়ে পড়িয়ে উপযুক্ত করে তুলতে হবে । ওর মানসিকতাও মজবুত করে গড়ে দিতে হবে যাতে যে কোন অন্যায়র বিরুদ্ধে, অবিচারের বিরুদ্ধে নির্দ্বিধায় লড়তে পারে । তিল তিল করে গড়ে তোলা পরিবারের মান সম্মানের উপর কেউ যেন কোন কালি লেপতে না পারে ।

আর সময় নষ্ট না করে, উকিলবাবুকে ডেকে সব কিছু পাকাপোক্ত করে ফেললেন । সমস্ত সম্পত্তি, জমিজায়গা, ধন সম্পদ সব কিছু বৌমার নামে লিখে দেওয়া হল । সেই হবে একমাত্র উত্তরাধিকারী । তার অনুমতি ছাড়া এইসব ব্যাপারে কেউ কোন কাজ করতে পারবে না বা কোন সিদ্ধান্ত নিতে পারবে না । আসল উইলটা উকিলবাবুর কাছে রাখা হল, যাতে ভালভাবে সুরক্ষিত থাকে ।

খবরটা কিন্তু গোপন থাকে না । দুই ছেলে মিলে, তারা বেঁচে থাকতে, বৌমার নামে সব লিখে দেওয়া নিয়ে ভীষণ আপত্তি জানাল । তাদের নামে সবকিছু লিখে না দিলে তারা আর কোনদিন এ বাড়িতে আসবে না, এবং কারো সঙ্গে কোন সম্পর্কও রাখবে না বলে ধমকিও দিল । কিন্তু কোন ভাবেই গৌতম বাবুকে আর টলানো যায় নি । উনি ওনার সিদ্ধান্ত থেকে এক চুলও সরতে রাজী হন নি । ওরা শেষমেশ ধমকি দিয়ে যায় যে কি ভাবে সম্পত্তির দখল নিতে হয়, তা তাদের ভালভাবে জানা আছে। ঠিক সময়ে তারা সব কিছু নিজেদের দখলেই নেবে । নির্মলা যেন সব কিছু দেখে খুব বিপর্যস্ত বোধ করতে লাগল । এত জনের সঙ্গে লড়াই করে সে কি পারবে সব কিছু সামলে রাখতে ।

এই ভাবেই দেখতে দেখতে কয়েক বছর কেটে গেল । গৌতম বাবুর তত্ত্বাবধানে নির্মলা এখন অনেক কিছু জেনে বুঝে গেছে । নিজের উপর ভরসা করতে শিখেছে । সমস্ত হিসাব নিকাশ এখন তার এক্তিয়ারে । কর্মচারীরা সকলেই তার সঙ্গে কাজ করে ভীষণ খুশী । তার প্রতি সকলের অগাধ বিশ্বাস । নির্মলার এই আত্মবিশ্বাস গৌতম বাবুকেও অনেক ভারমুক্ত করেছে । নির্মলা যে সব কিছু ভালভাবেই সামলাতে পারবে এই বিশ্বাস তাঁর দৃঢ় হল । দিনগুলো ভালভাবেই কাটছিল । হঠাৎ একদিন সব কিছু কেমন যেন ওলটপালট হয়ে গেল। গৌতম বাবু হার্ট অ্যাটাকে অচেতন হয়ে গেলেন । ডাক্তার বাবু এসে অনেক চেষ্টা করলেন । সারারাত ওঁর পাশেই ছিলেন । সকালবেলা সব চেষ্টা বিফল করে গৌতম বাবু মৃত্যুর কোলে ঢলে পড়লেন । নির্মলার মাথায় যেন আকাশ ভেঙ্গে পড়ল । গৌতম বাবু তাকে টেনে তুলে বড় করেছেন । বুকে টেনে নিয়েছেন । নিজের মেয়ের থেকেও যেন তাকে বেশী ভালবেসেছেন । তাঁর মৃত্যু যেন বিনা মেঘে বজ্রপাতের মত নেমে এসেছে ।

গৌতম বাবুর পারলৌকিক কাজে ছেলেরা কেউই যোগ দেয়নি। নিজের ছেলেদের বঞ্চিত করে, পরের মেয়ের হাতে সব কিছু ওভাবে তুলে দেওয়া তারা কখনই মেনে নিতে পারে নি। এর থেকে বড় অপমান আর কিছু হতে পারে না। বাবার ওই ভুল সিদ্ধান্তের বিরুদ্ধে দুই ভাই একজোট হয়ে লড়বে এবং সমস্ত ধন সম্পত্তি নিজেদের নামে করে নেওয়ার রাস্তাও ঠিকভাবে খুঁজে বার করতে হবে আর সময় একদম নষ্ট না করে।

এই সংকটজনক পরিস্থিতিতেও বিপদের কালো মেঘ যেন নির্মলার চোখের সামনে ভেসে উঠল। সে পরিষ্কার বুঝতে পারল যে, প্রতিশোধের যে আগুন ধিকি ধিকি জ্বলছিল এবার তার লেলিহান শিখা তাকে নিশ্চিতভাবে গ্রাস করতে আসবে। গৌতম বাবু চলে যাওয়ার পর দেখতে দেখতে কয়েকমাস কেটে গেল। নির্মলার নিঃসঙ্গ জীবনের সঙ্গী হিসেবে, গৌতম বাবু বছর খানেক আগে এক বন্ধুর বাড়ি থেকে একটা সুন্দর কুকুর ছানা এনে দিয়েছিলেন। নির্মলা তাকেই কোলে পিঠে করে বড় করেছে। সে যেন নির্মলাকে আঁকড়ে থাকে। একটু বাইরে কোথাও গেলে এদিক ওদিক খুঁজে বেড়ায়। না পেয়ে দরজার সামনে বসে থাকে তার আসার অপেক্ষায়। গৌতম বাবু চলে যাওয়ার পর নির্মলার নিঃসঙ্গ জীবনে ওই যেন হয়ে উঠেছিল খুব কাছের সঙ্গী। নির্মলা সারাদিনই নানা কাজে ব্যস্ত থাকে। সব দায়িত্ব এখন তার উপরেই। ব্যস্ততার মধ্যেও মনের কোনে মাঝে মাঝেই একটা আশঙ্কা উঁকি দিয়ে যায়। কখন কি ভাবে যে দুই ভাই তাদের আক্রমণ হানবে কে জানে ? বনবিহারী বাবু যদিও তাকে সব সময় পাশে থাকার আশ্বাস দিয়ে থাকেন, তবুও মনের দ্বিধা কাটে না। সে ভাল করেই জানে যে দুই ভাইই এই ব্যবস্থা কখনই মেনে নেবে না।

একদিন সেই আশঙ্কাই সত্যি হল। কোন খবর না দিয়েই দুই ভাই হঠাৎ এসে হাজির। দুজনেরই তিরিক্ষে মেজাজ। খাওয়া দাওয়া থাকা

সব তাদের হুকুম মত করতে হচ্ছে। কাজের লোকেরা সবাই তটস্থ এবং ভীষণভাবে বিরক্ত। দিদিমণির কাছে গিয়ে নালিশও জানিয়ে আসছিল। দিদিমণি একটু ধৈর্য ধরে অপেক্ষা করতে বলেছে। বনবিহারী বাবুকে ব্যাপারটা জানিয়েও রাখা হয়েছিল। বনবিহারী বাবু বিশেষ কাজে বাইরে গিয়েছিলেন। কয়েকদিন বাদে ফেরার কথা।

এদিকে দিন দুয়েক বাদে দুই ভাই মিলে এক সুরে নির্মলাকে তাদের ক্ষোভের কথা জানায়। বাবা যে বিরাট একটা অন্যায় করে গেছেন তাদের এইভাবে বঞ্চিত করে, সেটা ভাল করে বোঝাতেও ছাড়ে না। নির্মলার উপর প্রচণ্ড চাপও সৃষ্টি করে তাদের নামে সব কিছু লিখে দেবার জন্য, আর কোন সময় নষ্ট না করে। অবশ্য তার যাতে কোন প্রকার অসুবিধা না হয়, তা তারা দেখবে। পয়সা কড়ির কোন রকম চিন্তা থাকবে না। নির্মলা অবশ্য তাদের পরিষ্কার জানিয়ে দেয় যে, বাবা কেন এই সিদ্ধান্ত নিতে বাধ্য হয়েছিলেন। তাদের অস্বাভাবিক আচার আচরণের জন্যই বাবা আর তাদের উপর বিন্দুমাত্র আস্থা রাখতে পারেন নি। তাদের হাতে পড়লে বিষয় সম্পত্তির রক্ষণাবেক্ষণ যে একেবারেই হবে না, বরং অস্তিত্বই বিপন্ন হবে, সে ব্যাপারে তাঁর আর সন্দেহের কোন অবকাশ ছিল না। সব কিছু ঠিকমত আগলে রাখার ভার তাই নির্মলার উপরই দিয়ে যেতে বাধ্য হয়েছেন। সব রকম আঘাত প্রতিঘাত থেকে সব কিছুকে রক্ষা করার জন্য বাবার কাছে সে প্রতিজ্ঞাবদ্ধ। তাই জীবন থাকতে এর কোনরকম অন্যথা করা তার পক্ষে সম্ভব হবে না। দুজনেই রাগে অগ্নিশর্মা হয়ে কড়াভাবে শাসিয়ে যায় যে, দুদিনের মধ্যে তারা এই ব্যাপারে পরিষ্কার জবাব চায়। ভাল করে চিন্তা ভাবনা করে তাদের যেন জানিয়ে দেওয়া হয়। আর না হলে পরের ঘটনার জন্য যেন নিজেকে তৈরি রাখে। তারা বেশ ভালোরকম জানে কি ভাবে সব কিছু আদায় করতে হবে। এর পরে যেন তাদের আর কেউ কোন দোষ না দেয়।

নির্মলা নিজের সিদ্ধান্তে অনড়ই থাকে। পরিষ্কার ভাবে জানিয়ে দেয় যে, বাবার সিদ্ধান্তই তার কাছে শেষ কথা এবং তার নড়চড় সে কখনই হতে দেবে না। নির্মলা নিজেও ভীষণ সন্ত্রস্ত ভাবে দিন কাটায়। বেশ বুঝতে পারে একটা সাংঘাতিক কিছু ঘটতে চলেছে। বনবিহারী বাবুও কর্মসূত্রে বাইরে রয়েছেন। তাঁকে কোনকিছু জানানও সম্ভব নয়।

হঠাৎ বাড়ির কাজের লোকদের সব ছুটিতে পাঠিয়ে দেওয়া হল। নির্মলার সঙ্গে কোনরকম আলোচনা না করেই বেশ কিছু লোক আনা হল বাড়ির সংস্কারের কাজের জন্য। তারা নানা জায়গায় টুকটাক কাজ শুরু করেছে। বস্তা বস্তা সিমেন্ট বালি আনা হচ্ছে। এদিক ওদিক নাকি নানারকম বাড়ি সংস্কারের কাজ চলছে। কাজের সুবিধার জন্য তাদের বাড়ির নিচেই থাকার ব্যবস্থা হয়েছে। এসব নিয়ে নির্মলার সঙ্গে বাগবিতণ্ডাও হয়েছে প্রচুর। ওরা একদমই পাত্তা দেয়নি। একরকম জোড় করেই টাকাপয়সা যা দরকার বার করে নেওয়া হচ্ছে। দুজন কর্মচারী যারা বাড়িতে ছিল তারাও খুবই বিরক্ত। কিছু বলতে গেলে, তাদের অকথ্য গালাগালি করে তাড়িয়ে দেওয়া হচ্ছে। এক অস্বাভাবিক পরিস্থিতির মধ্যে দিন কাটছে। নির্মলাও ভীষণ অসহায় বোধ করছে। সেদিন রাত্তিরের দিকে কর্মচারীদের উপরে ওঠা নিষিদ্ধ করে দেওয়া হয়। বাইরে থেকে আসা কয়েকজন এ ব্যাপারে কড়া নজরও রাখছে। কাজের লোক দুজনকে অন্যদিকের একটা ঘরে থাকতে দেওয়া হয়েছে। মানসিকভাবে তাই বাড়ির কাজের লোকরাও খুব সাংঘাতিক পরিস্থিতির মধ্যে কাটাচ্ছে। বেশী রাত্তিরে উপর থেকে চেঁচামেচির আওয়াজ ওরা পেয়েছিল কিন্তু ঘুমিয়ে পড়ে বলে আর কিছু জানতে পারে নি।

পরদিন সকালে দুই ভাই অনেক দেরি করে ঘুম থেকে ওঠে। রাত্তিরে যে ভালোরকম মদের আসর বসেছিল তা সহজেই বোঝা গেল। সকালে উঠেই খুব হইচই জুড়ে দিল। খাবার দাবার তাড়াতাড়ি ব্যবস্থা

করতে বলে নিজেরা তৈরি হতে লাগল । ওদের নির্দেশমত মিস্ত্রীরা উপর এবং নিচের তলার দেওয়াল টাইলস দিয়ে ভাল করে মুড়ে দিচ্ছে। চা খেতে খেতে দুই ভাই কর্মচারীদের জানাল যে কাল রাত্তিরে নাকি কথা কাটাকাটির পরে দিদিমণি গাড়ি নিয়ে কোথায় চলে গেছে। ওদের গাড়ি নিয়েই গেছে । কোথায় গেছে বলে যায় নি । দুই ভাইও

সারাদিন ব্যস্ত ছিল । কাজকর্মের হিসাব বুঝে, টাকা পয়সা মিটিয়ে কাজ করতে আসা লোকজনকে বিদায় করে যেন একটু শান্ত হতে দেখা গেল ।

রাত্তিরের খাবারের ব্যবস্থা একটু তাড়াতাড়িই করতে হল । খাবার সময় ওরা জানাল যে, ওরাও একটা বিশেষ কাজে বেড়িয়ে যাচ্ছে । দিন দশেক বাদে ফিরবে । দিদিমণি এলে যেন জানিয়ে দেয় । হাজার দশেক টাকা নিয়ে, গাড়ি করে ওরা রাত্তিরেই বেড়িয়ে পড়ে ।

দিন দুয়েক দেখতে দেখতে কেটে গেল । দিদিমণি কিন্তু ফেরেননি । এরাও বা কি মতলবে দিনের পর দিন এখানেই থাকার চিন্তা ভাবনা

করছে তাও বোঝা যাচ্ছে না। বাড়ির লোকজনদের দুশ্চিন্তার বোঝা বেড়ে চলেছে। এদিকে দিদিমণির কুকুরটা উপর নীচে ছোটাছুটি করছে। কর্মচারীদের ধারনা দিদিমণিকে না দেখতে পেয়ে ওরকম ছটফট করছে। ঠিকমত খাওয়া দাওয়া অবধি করছে না। ইতিমধ্যে উকিলবাবু ফিরে এসেছেন। খোঁজ খবর নিতে উনি বাড়িতেও এলেন। সব কিছু শোনার পর ওনার মনেও অনেক প্রশ্ন ঘোরাফেরা করতে লাগল। গত দুদিনে কয়েকবার উনি নির্মলাকে ফোন করেছেন। ফোন বেজে গেছে, জবাব পাওয়া যায় নি। আবার ঘটনাগুলো পর পর সাজালে কোথায় যেন বিরাট ফাঁক থেকে যাচ্ছে। নির্মলা অত রাতে কাউকে কিছু না বলে বাড়ি থেকে বেড়িয়ে গেল, কেউ কিছু জানতেও পারল না। নির্মলা আর যাই করুক, ওদের গাড়িতে কোথাও চলে গেছে, এটা বিশ্বাস করা খুব শক্ত। নির্মলা নিজের গাড়ি এবং তার বিশ্বস্ত ড্রাইভার ছাড়া কোথাও কোনদিন যায় নি। হিসেব একেবারেই ঠিকমত মিলছে না।

বাড়ি থেকে বেড়িয়ে উনি সোজা থানায় চলে এলেন আমার কাছে। পুরো ঘটনাটা এবং ওঁর মনে জাগা সব প্রশ্নগুলো আমাকে শোনালেন। উনি আরও জানালেন যে ওই দুই ভাই কিছুদিন আগে ওনার চেম্বারে গিয়ে সম্পত্তি সংক্রান্ত সব কাগজপত্র তাদের দিয়ে দিতে বলেছিল। এও বলেছিল যে তারা বেঁচে থাকতে নির্মলার নামে সব কিছু লিখে দেওয়া এক বিরাট অন্যায়। তারা এর প্রতিকার করবে যে কোন মুল্যে। ওনাকে বলেছিল ওদের সাহায্য করতে এবং তার জন্য যত টাকা দরকার ওরা সব দেবে। ওঁকে ভালভাবে খুশি করে দেবে। ওঁর পরিষ্কার না শুনে ওরা ভীষণ রেগে চলে যাবার আগে শাসিয়ে যায় যে ওরাও দেখে নেবে। তারা কলকাতা ফিরে যায়। এরপর তাঁর অনুপস্থিতির সুযোগ নিয়ে কলকাতা থেকে এসে তারা যা সব ঘটনা ঘটিয়েছে সেগুলো স্বাভাবিক বলে মেনে নেওয়া খুব কঠিন। ওরা মনে

হয় ভালোরকম আটঘাট বেঁধে কিছু একটা অঘটন ঘটিয়েছে। আপনি ব্যাপারটা একটু ভাল করে যাচাই করে দেখুন। আমি এটা মন থেকে মানতে পারছি না, নির্মলার জন্য আমার যথেষ্ট চিন্তা হচ্ছে। আমার পরামর্শ মত উকিলবাবু নির্মলার নিরুদ্দেশ হওয়ার ব্যাপারে লিখিতভাবে অভিযোগ জানালেন।

চিন্তা করে দেখলাম, পুরো ব্যাপারটা এইভাবে মেনে নেওয়া সত্যিই কঠিন। কোনকিছুই ঠিকমত মিলছে না। তবে কি বনবিহারী বাবুর আশঙ্কাই ঠিক, বিরাট কোন অঘটন ঘটে গেছে সবার চোখের আড়ালে। আর একদম সময় নষ্ট না করে সত্যের সন্ধানে তদন্ত শুরু করে দেওয়া হল। ওদের বাড়িতে গিয়ে সবাইকেই জিজ্ঞাসাবাদ করে আসল ঘটনার গতিপ্রকৃতি নিয়ে বোঝবার চেষ্টা চলল। বাড়ির কর্মচারীরা দুই ভায়ের অস্বাভাবিক আচার ব্যবহার দেখে দেখে পুরোপুরি বিরক্ত এবং সন্ত্রস্ত। এত ভাল দিদিমণির সঙ্গে কেন এত খারাপ আচরণ করা হল কিছুই বুঝতে পারল না। দু জন বাদে আর সবাইকে বাড়িতে থাকতেও দেওয়া হয় নি। কর্মচারীদের সঙ্গে কথাবার্তা বলে বোঝা গেল যে, তারা ভীষণভাবে ক্ষুব্ধ এই দুই ভায়ের কাজকর্মে এবং তাদের অত্যাচারে। যতদিন ছিল, দিদিমণির তোয়াক্কা না করে যথেচ্ছভাবে টাকা পয়সার অপচয় করে গেছে। দিদিমণি কত ভাল করে সবকিছু সামলাচ্ছিলেন, কারও কোন অসুবিধা ছিল না। এত ভাল দিদিমণিকে ওরা পদে পদে অপমান করত। ওদের কাজকর্মের ব্যাপারে নালিশ করলে, দিদিমণি একটু ধৈর্য ধরে অপেক্ষা করতে বলত। সমস্ত বাড়ি ভাল করে সার্চ করা হল। নির্মলার ঘরের দরজা ভাল করে তালা বন্ধ করা, চাবি কাউকে দেওয়া হয় নি। এটা কি নির্মলা চাবি দিয়ে গেছে, নাকি ওই দুই ভায়ের কাজ। যাতে কেউ ঘরে ঢুকতে না পারে এবং কোন কিছু অনুসন্ধান করতে না পারে তার জন্যই কি এই প্রচেষ্টা। সবাইকে বলা হয়েছে যে নির্মলা নিজেই তাদের

গাড়ি নিয়ে কোথাও চলে গেছে। এটা কর্মচারীদের কাছে একেবারেই বিশ্বাস যোগ্য নয়। দিদিমণিকে তারা ভাল করে চেনে। নিজের গাড়ি ছাড়া উনি কোথাও যান না। তাদের না জানিয়ে কখনই চলে যেতে পারেন না।

অনেক প্রশ্নই মনের মধ্যে ঘুরপাক খেতে লাগল। নির্মলা কোথায় আছে এবং কি অবস্থার মধ্যে সেটা সময় নষ্ট না করে বার করতে হবে। উকিলবাবুর আশঙ্কা একেবারেই অমূলক নয়, সব কিছু তলিয়ে দেখতে হবে। দুজন কনস্টেবলকে সারাক্ষণ সব কিছুর উপর নজর রাখার জন্য ওখানে বসিয়ে রাখা হল। পরের দিন ওরা জানাল যে কুকুরটা যে ভাবে উত্তেজিত হয়ে নিচে আসছে আবার চেঁচাতে চেঁচাতে উপরে উঠে যাচ্ছে, ও যেন কিছু জানাতে চাইছে। নির্মলা দেবীর ঘরে মনে হয় কিছু সন্দেহজনক জিনিষ থাকতেও পারে। একটা প্রশ্ন মনে স্বভাবতই জাগে, যে তড়িঘড়ি টাইলসের কাজ করার কেন দরকার পরল। কোন বিশেষ অনুষ্ঠানের জন্য, নাকি অন্য কিছু। টাইলসের কাজ যারা করেছে, তাদের ডেকে জিজ্ঞাসাবাদ করা হল, যে তাদের নজরে অস্বাভাবিক কিছু জিনিষ বা ঘটনা পরেছে কিনা। তারা এ ব্যাপারে কিছুই বলতে পারল না। তারা শুধু টাইলসের কাজই করেছে। অন্যান্য রাজমিস্ত্রির কাজ ওনারা নিজেদের লোক দিয়ে করিয়েছেন, তাদের এরা চেনে না। একতলায় সব কিছু ঠিকই ছিল, খালি নতুন করে টাইলসের কাজ হয়েছে। তবে দোতলার দেওয়ালটা নাকি ভেঙ্গে চুরে গেছিল। অনেকখানি জায়গা ভেঙ্গে নতুন করে তৈরি হয়েছে। কাজটা আগের দিন রাত্তিরেই নাকি করা হয়েছে, ভাল করে শুকোয় নি। আমরা বলেছিলাম একদিন বাদে করলে ভাল হবে। ওঁরা বললেন কি নাকি অনুষ্ঠান আছে, তাই কাজটা শেষ করতে হবে। আমরা তাই কাজটা শেষ করে চলে গিয়েছি আর ওটাও একতলার মত করে দেওয়া হয়েছে।

নতুন নতুন তথ্য যেন বিভিন্ন মোড় ঘুরে ঘটনাচক্রকে ধীরে ধীরে এগিয়ে নিয়ে চলল । সব কিছু ভাল করে ক্ষতিয়ে দেখে, আরও গভীরভাবে চিন্তাভাবনা করে এগোতে হবে। পরের দিন আবার নতুন করে সব কিছু খুঁটিয়ে দেখা শুরু হল । নির্মলার ঘরটাও ভাল করে খুঁটিয়ে দেখা দরকার। কেন যেন মনে হচ্ছিল অনেক কিছু ওর মধ্যেই চাপা পরে আছে । ঘরের চাবি করোর কাছেই পাওয়া গেল না । বনবিহারী বাবুর সঙ্গে কথা বলে তালা ভেঙ্গেই ঘরে ঢোকা হল । ফিঙ্গার প্রিন্ট বিশেষজ্ঞ তাঁর কাজ করতে লাগলেন । নির্মলার ঘরে এক জায়গায় আবছা রক্তের দাগ দেখা গেল। ভাল করে মোছার চেষ্টা হয়েছে, কিন্তু খানিকটা দাগ থেকে গেছে । চেয়ার দিয়ে সেটা যে আড়াল করারও চেষ্টা হয়েছে, সেটা পরিষ্কার বোঝা যাচ্ছে । একটা বিষয়ে এখন আর কোন সন্দেহের অবকাশ নেই যে, নির্মলাদেবীকে কোন ভাবে ভালোরকম আঘাত করা হয়েছে এবং তাকে অন্য কোথাও সরিয়ে নিয়ে যাওয়া হয়েছে । সন্দেহের তির স্বভাবতই দুই ভায়ের দিকেই এগোচ্ছে। ওরা ছাড়া এ কাজ অন্য কারুর পক্ষে করা সম্ভব নয় । কর্মচারীদের সবাই যে নির্মলাদেবীকে যথেষ্ট শ্রদ্ধা করে, সে ব্যাপারে কোন আর দ্বিমত নেই । এ ব্যাপারে তাদের কোন স্বার্থও জড়িত নয়। ঘরের কোনে দেখা গেল একটা দেওয়াল আলমারি ভাল করে তালা দিয়ে বন্ধ করা । দুটো তালা ঝুলছে । ঘরের ভিতরের আলমারিতে এত সতর্কতা কেন, ব্যাপারটা নিঃসন্দেহে সন্দেহজনক। চাবিও কোথাও নেই । কর্মচারীদের কেউই এ ব্যাপারে কিছু বলতে পারল না । শেষ অবধি তালা ভেঙ্গে আলমারির ভিতরের সব কিছু ভাল করে খুঁটিয়ে দেখা হল । সবাই খুব সাবধানে কাজ শুরু করল, কোনরকম গুরুত্বপূর্ণ নথি বা নিদর্শন যাতে নষ্ট না হয়। আলমারির কোনে গুঁজে রাখা কাপড় জামা সব বার করে, খুলে খুলে দেখা গেল প্রচুর রক্তের ছোপ চারিদিকে । সোনার হার এবং বালা ড্রয়ারে ভরে রাখা হয়েছে । সোনার হারেও রক্তের ছোপ লেগে ছিল । এদিকে

ওদিকে হাতের ছাপ পাওয়া গেল। একটা শালোয়ার কামিজও পাওয়া গেল, তাতেও রক্তের দাগ লেগে ছিল। আর বুঝতে কিছু বাকি ছিল না যে একটা বিরাট অঘটন ঘটে গেছে। বনবিহারী বাবুকেও ডেকে আনা হল। উনি এসে গয়না এবং অন্যান্য জিনিষ সবই নির্মলাদেবীর বলেই শনাক্ত করলেন। ওই দুই ভাই যে নির্মলাদেবীকে গুরুতর আহত করে অথবা হত্যা করে অন্য কোথাও সরিয়ে নিয়ে গেছে সে ব্যাপারে আর কোন সন্দেহ নেই। কিন্তু কোথায় পাওয়া যাবে ওই দুই ভাইকে। নির্মলাদেবীও এখন কোথায় আছেন, কি ভাবে আছেন আর তাঁকে জীবিত অবস্থায় উদ্ধার করা যাবে কিনা, এই সব প্রশ্নের উত্তর এখনও অধরাই। এই সব আলোচনায় সবাই যখন ব্যস্ত, একটা ঘটনা যেন সব প্রশ্নের সমাধানের পথে অনেকটা এগিয়ে নিয়ে গেল। একজন কর্মচারী একতলা থেকে ছুটে এসে জানাল, এক ভদ্রলোক নিচে এসেছেন এবং আপনাদের সঙ্গে এখুনি দেখা করতে চাইছেন। বলছেন একদম সময় নষ্ট করা যাবে না। ওঁর মাথায় হাতে পায়ে সব ব্যান্ডেজ বাঁধা। দেখেও মনে হচ্ছে খুব অসুস্থ। আবার বলছেন উনিই নাকি নির্মলা দেবীর ভাসুর। উনি নিজেই উপরে উঠে আসছিলেন। ওনাকে বসিয়ে রেখে আপনাদের খবর দিতে এলাম। সবাই তো শুনে অবাক। উনি যদি সত্যিই বড় ভাই হন, তাহলে উনিও তো এই অপরাধের সঙ্গে জড়িত। তাহলে কি ভুল বুঝতে পেরে, জেনেশুনে নিজেকে ধরা দিতে এসেছেন।

নিচে গিয়ে দেখা গেল কোন সাংঘাতিক দুর্ঘটনার কবলে পড়েছিলেন, আর তার থেকে কোনরকমে বেঁচে ফিরেছেন। সারা শরীর আঘাতে আঘাতে জর্জরিত। সমস্ত দেহটাই যেন ব্যান্ডেজে মোড়া। যন্ত্রণায় চোখ মুখ বসে গেছে। আমাদের দেখেই হাউ হাউ করে কেঁদে ফেললেন। ওনাকে ভাল করে চেয়ারে বসিয়ে জল আর কিছু খাবার

দেওয়া হল । একটু সাব্যস্ত হয়ে উনি সমস্ত ঘটনাটা সবিস্তারে শোনালেন।

নির্মলার নামে সবকিছু এইভাবে লিখে দেওয়াটা ওরা দুজনেই মন থেকে মেনে নিতে পারে নি। বিশেষ করে ছোট ভাইকে বঞ্চিত করে তার বৌয়ের নামে সব কিছু লিখে দেওয়াটা ওর পক্ষে একটা সাংঘাতিক মানসিক আঘাতের মত ছিল। এর থেকে বেরোবার রাস্তা ও যেন পাগলের মত খুঁজছিল । বনবিহারী বাবুর সঙ্গেও দেখা করা হল। উনিও সব প্রস্তাব খারিজ করে দিলেন। এর পর দুই ভাই মিলে ঠিকই করে ফেলে যে, নির্মলাকে ভয় দেখিয়ে এবং নানাভাবে চাপ সৃষ্টি করে সমস্ত সম্পত্তি নিজেদের নামে লিখিয়ে নেবে। উকিলবাবু বাইরে ছিলেন, সেই সুযোগে সবকিছু করে নিতে হবে বলে ঠিক হল। ছোট ভাই, বারন করা সত্ত্বেও প্রচুর পরিমাণে ড্রিঙ্ক করে, পুরোপুরি বেসামাল হয়ে পড়েছিল। ওকে অনেক বোঝান হয়, যে ওই অবস্থায় কথা বলতে গেলে কোন অঘটন ঘটে যেতেও পারে। পরে একদিন সুবিধামত বোঝান যাবে । ও তখন দেখলাম ভীষণভাবে উত্তেজিত, কোন কথাই শোনার সময় ছিল না । ওর কাছে নাকি ওসব কোন সমস্যাই নয়, ও সব সামলে নেবে, শুধু ওর সঙ্গে থাকতে হবে। বড় ভাইয়ের হাতটা ধরে টেনে নিয়ে উপরে গেল। কাজের মিস্ত্রীদের কড়াভাবে বলে দিয়েছিল যে কেউ যেন উপরে যেতে না পারে সেটা দেখতে । নির্মলার ঘরে ঢুকতেই ও খুব বিরক্তভাবে তাকাল এবং জিজ্ঞেসও করল যে এত রাত্তিরে ওর ঘরে কেন।

ছোট ভাইকে ওরকম বেসামাল অবস্থায় দেখে ও বোধহয় আন্দাজ করে নিয়েছিল যে কিছু একটা খারাপ উদ্দেশ্য নিয়েই অতরাত্রে ওখানে ঐ ভাবে আসা। ও উঠে দাঁড়িয়ে বলল অত রাত্তিরে একজন মহিলার ঘরে ঢুকতে তাদের বিবেকে বাধে নি। এতদিন ধরে ও অনেক সহ্য করেছে, আর কিন্তু এসব সহ্য করবে না। ছোট ভাই এমনিতেই

বেসামাল ছিল, তারপর নির্মলার কথাবার্তা শুনে কাণ্ডজ্ঞান একদম হারিয়ে ফেলল। ওকে ধাক্কা মেরে ফেলে দিয়ে, অকথ্য গালিগালাজ শুরু করে দিল। গলা ফাটিয়ে বলতে লাগল যে, আমরা বেঁচে থাকতে বাবাকে দিয়ে ওর নামে সবকিছু লিখিয়ে নিয়েছে, এতবর অন্যায় প্রান থাকতে মানা হবে না। শেষ পর্যন্ত বলেও দিল যে তাদের কথামত না চললে তাকে আর কেউ বাঁচাতে পারবে না। নির্মলা শেষ অবধি

হাতজোড় করে বলল, এত রাত্তিরে ওইসব নাটক না করে যেন ওকে একটু ঘুমতে দেওয়া হয়, ও ভীষণভাবে ক্লান্ত। ওর চোখ দিয়ে জল গড়িয়ে পরছে। ভায়ের হাতটা ধরে বললাম ওকে আর বিরক্ত না করে চলে যেতে, পরের দিন আবার কথা বলা যাবে। ও আমাকে ঠেলে ফেলে দিল আর নির্মলার হাতটা ধরে টেনে তুলল। চেঁচিয়ে বলল কখন ও ওদের নামে সবকিছু লিখে দেবে তা জানাতে হবে। নির্মলা হাতটা ছাড়িয়ে নিয়ে কঠিন স্বরে বলল তাদের এই নেশাগ্রস্ত নোংরা জীবনের কথা জেনেই বাবা সব কিছু থেকে তাদের বাদ দিয়েছেন। তার কোন কারসাজি নেই। বেশ জোরের সঙ্গে এও জানিয়ে দিল যে কোনমতেই বাবাকে দেওয়া কথার কোন নড়চড় সে কিছুতেই হতে

দেবে না। তার জীবন থাকতে এই অর্থসম্পদ অন্য কারুর হাতে যেতে দেবে না, ওটাই তার শেষ কথা।

নেশায় চুড় ছোট ভাই তখন ঝাঁপিয়ে পরে এলোপাথাড়ি চড়, ঘুষি মারতে থাকে। নির্মলার নাক মুখ ফেটে রক্ত ঝরতে থাকে, ও যন্ত্রণায় চিৎকার করতে থাকে। বার বার বারন করতে করতে হাতটা ধরে সরাতে গেলাম, কিন্তু আমাকেই ধাক্কা মেরে ফেল দিল। লাফিয়ে গিয়ে দুহাত দিয়ে নির্মলার গলাটা টিপে ধরল। নির্মলা সর্বশক্তি দিয়ে নিজেকে ছাড়াবার চেষ্টা করছিল। সেই ধস্তাধস্তির সময় ও জোরে নির্মলার মাথাটা দেওয়ালে ঠুকে দেয়। গল গল করে রক্ত ঝরতে থাকে, ও আর্তনাদ করে মাটিতে লুটিয়ে পড়ে যায়। একটু পরে বোঝা গেল ও আর বেঁচে নেই। আমি ওকে প্রচণ্ড বকাবকি করলাম, এবং এর জন্যে যে বাকি জীবনটা জেলে পচে মরতে হবে সেটাও মনে করিয়ে দিলাম। ও যেন হঠাৎ সম্বিত ফিরে পেল। পরিষ্কার বোঝা গেল ও খুবই ঘাবড়ে গেছে। নেশার ঝোঁকে কাজটা করে ফেলেছে। বেশ অনুতপ্ত। এরপরে কি ঘটতে চলেছে আন্দাজ করে বেশ ভয় পেয়ে গেছিল। সঙ্গে সঙ্গে মিস্ত্রীদের ডেকে নিয়ে এল। দেওয়ালের খানিকটা খুঁড়ে মৃতদেহটা ভাল করে চাপা দিয়ে দিতে বলল। ওরা ভীষণ ভয় পেয়ে গেল। বলল ওদের পক্ষে ও কাজ সম্ভব হবে না। ও ক্ষেপে গিয়ে ওদেরও এই দশা হবে বলে শাসিয়ে দিল। হাতে সময় নেই তাড়াতাড়ি কাজ শেষ করতে বলল। সোনার গয়নাগুলো খুলে আলমারিতে রেখে দিল। জামা কাপড় সব আলমারিতে ভরে দিল। মিস্ত্রীরা ওই গভীর রাতে মৃতদেহটা দেওয়ালের মধ্যে রেখে ভাল করে সিমেন্ট বালি দিয়ে বুজিয়ে দিল। সবদিক ভাল করে দেখে রক্তের দাগগুল মুছে ফেলল। সব কিছু গুছিয়ে আলমারি ভাল করে তালাচাবি বন্ধ করে, বাইরের দরজায় তালা দিয়ে চাবি নিয়ে নিজের ঘরে চলে গেল। পরদিন সকালে টাইলস মিস্ত্রীদের ডেকে এনে উপর

আর একতলার দেওয়ালে ভাল করে টাইলস লাগিয়ে দিল, যাতে কেউ কোনরকম সন্দেহ করতে না পারে। রাজ মিস্ত্রীদের মোটা টাকা হাতে গুঁজে দিল, যাতে ব্যাপারটা পাঁচ কান না হয় । বাড়ির কর্মচারীদের বুঝিয়েসুঝিয়ে রাত্তিরে গাড়ি নিয়ে বেড়িয়ে পরল । আমাকেও সঙ্গে নিল । বড় ভায়ের শরীরটা বোধহয় খারাপ লাগছিল । একটু জল খেয়ে আবার বলতে শুরু করল । বড় ভায়ের মানসিক অবস্থা ওই ঘটনার পর খুবই ভেঙ্গে পড়েছিল ।

চোখের সামনে ওই তাণ্ডব এবং নিজের ছোট ভায়ের বৌয়ের নির্মম হত্যাকাণ্ড দেখে চুপ করে সহ্য করে যাওয়া ভীষণ কষ্টকর । এই অপরাধবোধ তাকে প্রতিনিয়ত কুরে কুরে খাচ্ছিল । ছোট ভাইও মনে হয় সেটা আন্দাজ করতে পেরেছিল । এইভাবে চলতে থাকলে যে কোন মুহূর্তে সব কিছু জানাজানি হয়ে যাওয়াটা শুধু সময়ের অপেক্ষা। ছোট ভাই ওর জানা একটা পাহাড়ি এলাকায় নিয়ে গেল । সেদিন রাতটা ওরই জানাশোনা হোটেলে কাটল। পরদিন বড়ভাইকে পাহাড়ে বেড়াতে নিয়ে গেল । পাহাড়টা ভালই উঁচু । চারপাশের প্রাকৃতিক দৃশ্যও খুব সুন্দর, মন কেড়ে নেয় সহজেই । নির্মল পরিবেশ যেন মনটাকে শান্ত করে দেয় । ফ্লাক্সে করে আনা গরম চা খেতে খেতে ঘোরা হচ্ছিল, আর চারপাশের নির্মল পরিবেশ প্রাণভরে উপভোগ করা হচ্ছিল । ওখান থেকে সূর্যোদয়টা সত্যিই ভীষণ সুন্দর ভাবে দেখা যায়, সহজেই মন কেড়ে নেয় । ও যে বড় ভাইকেও পথের কাঁটা ভেবে সরিয়ে ফেলতে চায় আগে বোঝা যাইনি । বড় ভাই ভাবতেও পারেনি ও এরকম একটা কাণ্ড করতে পারে ।

সূর্যোদয়টা এত ভাল লেগেছিল যে একটু আনমনা হয়েই দেখছিল । কিছু বোঝার আগেই, ছোট ভাই হঠাৎ ধাক্কা মেরে নিচে ফেলে দেয় । নিচে পড় গিয়ে গুরুতর আহত হয়ে, জ্ঞান হারিয়ে ফেলেছিল । কতক্ষণ জানে না । জ্ঞান ফিরতে বোঝা গেল, কোন ডাক্তারবাবুর

চেম্বারে শুয়ে আছে। প্রাতভ্রমন করতে আসা কয়েকজন ওই রাস্তা দিয়ে যাবার সময় তাকে ওই অবস্থায় দেখতে পেয়ে, তাদের জানাশোনা একজন ডাক্তারবাবুর কাছে নিয়ে যায়। প্রাথমিক শুশ্রূষার পর খানিকটা সুস্থ হয়ে ওদের সব বুঝিয়ে বলে, এবং তারাই উদ্যোগ নিয়ে ওকে এই বাড়িতে পৌঁছে দিয়ে যায়। বড় ভাই ভীষণ ভেঙ্গে পরে বলল, যে তার আর বুঝতে বাঁকি ছিল না যে ছোটভাই তাকেও পৃথিবী থেকে সরাবার জন্য ব্যস্ত। একটাই উদ্দেশ্য, যাতে ওর এই ক্ষমার অযোগ্য অন্যায় কাজের কথা আর কেউ জানতে না পারে। এরকম একটা জঘন্য অপরাধের প্রতিবাদ না করে, তাকে সাহায্য করে বড়ভাই নিজেও যে ক্ষমার অযোগ্য অপরাধ করেছে, তারই প্রায়শ্চিত্ত করতে আজ সেই জঘন্য ঘটনার সম্বন্ধে সব জানাতে এসেছে। তার অপরাধ সে স্বীকার করে নিচ্ছে, এবং উপযুক্ত শাস্তি মাথা পেতে নিতেও প্রস্তুত।

ওকে খুব বিদ্ধস্ত লাগছিল। সম্পত্তির লোভে ওই জঘন্য অপরাধের গ্লানি যেন তাকে ভীষণ যন্ত্রণায় শেষ করে ফেলছিল। একটু দম নিয়ে বলল, আপনারা আর দেরি করবেন না। কিছু দুরেই একটা বাগানবাড়ি আছে। ওই বাগানবাড়িটাও বাবারই তৈরি। ওকে নিশ্চয়ই ওখানে পাবেন। এখানকার কাজ শেষ না করে ও কোনমতেই কলকাতায় ফিরে যাবে না। এত বড় একটা অঘটনের পরেও ওর মানসিকতার কোনরকম পরিবর্তন হয় নি। হয়ত দেখবেন মদে চুর হয়ে পরে আছে। আপনারা চটপট গাড়ি নিয়ে ওখানে চলে যান। এখানকার খবর পৌঁছে গেলে আবার অন্য কোথাও গা ঢাকা দেবে। সঙ্গে সঙ্গে কর্মচারীদের একজনকে নিয়ে এবং কিছু পুলিশ কনস্টেবলকে নিয়ে আমরা বাগানবাড়িতে পৌঁছে গেলাম। উকিলবাবুও সঙ্গে ছিলেন। ওদিকে বড় ভাই জানিয়ে দিয়েছিলেন রাজমিস্ত্রীদের খবর এবং ঠিকানা। কয়েকজন পুলিশ কর্মীকে পাঠিয়ে দেওয়া হয়েছিল তাদের জিজ্ঞাসাবাদের প্রয়োজনে নিয়ে আসার জন্য। যাতে পুরোপুরি সন্দেহমুক্ত হওয়া যায়, আর আসল ঘটনাটা ঠিকঠাক ভাবে জানা যায়।

বাগানবাড়ীতে পৌঁছে দারোয়ানকে দরজা খুলতে বলা হল। পুলিশের গাড়ি দেখে সেও ঘাবড়ে গিয়ে দরজা খুলে দিল। নিজেই এগিয়ে গিয়ে দেখিয়ে দিল কোন ঘরে ছোট বাবু শুয়ে আছে। দরজায় ধাক্কা দিতে এক মহিলা দরজা খুলে দিল। পুলিশ দেখে সেও ভীষণ ভয় পেয়ে বাবুকে ঘুম থেকে উঠিয়ে দিল। ঘরের চেহারা দেখেই বোঝা গেল সেখানে সারা রাত কি চলেছে। নেশাগ্রস্ত চেহারা, নেশার ঘোর তখনও কাটে নি। পুলিশ এবং লোকজন দেখে চেঁচিয়ে উঠল, তার নিজস্ব বাংলো বাড়ীতে, তার অনুমতি ছাড়া কি করে ঢুকলেন। পুলিশের বড় বাবুকে ফোন করার ধমকিও দিল। পুলিশ অফিসার ওনার হাতটা চেপে ধরে বললেন কোন কথা না বাড়িয়ে ওদের সঙ্গে যেতে, না হলে

অন্য ব্যবস্থা নিতে তারা বাধ্য হবে। ও চেঁচিয়ে বলল কি তার অপরাধ, যে তাকে এইভাবে হেনস্থা করা হচ্ছে। তাকে বলা হল যে চুপচাপ তাদের সঙ্গে গেলেই সব বুঝতে পারবে। আর কথা না বাড়িয়ে গাড়িতে উঠিয়ে তাকে বাড়ি নিয়ে আসা হল। বাড়িতে ঢুকে সব কিছু দেখে সে বেশ ভালোরকম ঘাবড়ে গেল। চোখমুখ দেখে বোঝা গেল যে বেশ ভয় পেয়েছে। ইতিমধ্যে হাতের ছাপ সব তুলে নেওয়া হয়েছে, মেলানোর অসুবিধে নেই। অন্যান্য সব জিনিষপত্রও খাটের উপর সাজিয়ে রাখা হয়েছে। উপরের ঘরে ঢুকে দাদাকে দেখে ভীষণ চমকে গেল। গলা ফাটিয়ে বলল এ সব এর কারসাজি। হাত জোড় করে জানাল সে এসবের কিছুই জানে না। তার দাদাই নাকি তাকে ফাঁসাতে চাইছে, সব সম্পত্তি হাতাবার জন্য।

আলমারি থেকে উদ্ধার করা সব জিনিসপত্র ভাল করে দেখান হল। ওসব নাকি ও বুঝতেও পারছে না চিন্তেও পারছে না। বড় ভাই আর থাকতে না পেরে ছুটে গিয়ে দুগালে কষে চড় কসাল। চিৎকার করে বলল সম্পত্তি হাতাবার লোভে নিজের বৌকে নৃশংসভাবে খুন করেছিস, আমাকে পাহাড় থেকে ফেলে খুন করতে গিয়েছিলি, এখনও তোর সম্বিত ফিরছে না। আর একটা কথা বলবি না। এরপর আসল প্রত্যক্ষদর্শী রাজ মিস্ত্রীদের ডেকে আনা হল। ওরা এসে কাঁদতে কাঁদতে পায়ে পরে গেল। আমরা খুন করিনি, আমাদের ছেড়ে দিন। আমাদের বৌ ছেলেমেয়েরা না খেতে পেয়ে মারা যাবে সাহেব, আমাদের ছেড়ে দিন। আমরা আসল ঘটনা সব আপনাদের বলে দেব, শুধু আমাদের ধরে নিয়ে যাবেন না। ওদের আশ্বস্ত করা হল যে ওদের কোন ক্ষতি যাতে না হয় সে চেষ্টা করা হবে। ওরা ধীরে ধীরে সবকিছু পরিষ্কার করে জানাল। ছোট ভাইকে দেখিয়ে বলল এই বাবু আমাদের ডেকে এনেছিল নানা রকম কাজ করাবেন বলে। আমাদের কাজ দরকার, আমরা ভাল মনেই চলে এসেছিলাম। কিছু

কিছু কাজ আমরা করেছি যেমন যেমন উনি আমাদের বলেছিলেন। সেদিন কি যে হয়েছিল আমাদের জানা নেই। উনি আমাদের রাত্তিরবেলা সিঁড়ির নিচে পাহারা দিতে বললেন। আরও বলে দিলেন কোন লোককে উপরে না যেতে দিতে। আমরা ওঁর কথামত পাহারা দিচ্ছিলাম। উনি আবার বলে দিয়েছিলেন যে, উনি ডাকলে তবেই যেন উপরে যাই। সেদিন রাত্তিরে অনেক চিৎকার চেঁচামেচি হচ্ছিল। মালকিনের গলাও শোনা যাচ্ছিল, কিন্তু উনি না ডাকলে আমরা দেখতে যেতে পারি নি। জোর গণ্ডগোল হতে হতে, হঠাৎ একটা ভীষণ আওয়াজ হল, আর মালকিনেরই যেন চিৎকার শোনা গেল। তারপরেই সব যেন চুপচাপ হয়ে গেল। আমরাও ভীষণ ঘাবড়ে গিয়েছিলাম। চুপচাপ বসে ছিলাম, বাবু না ডাকলে উপরে যাওয়া যাবে না।

প্রায় ঘণ্টাখানেক বাদে ছোট ভাই এসে ওদের ডেকে নিয়ে যায়। ঘরে গিয়ে দেখা গেল এই বাড়ির মালকিন মেঝের উপর পরে আছেন। মাথা এবং মুখ দিয়ে অনেক রক্ত বেড় হচ্ছিল। ওদের মনেও তাই সন্দেহ হল। কোন কারনে খুন করা হয়েছে। ওরা ভীষণ ভয় পেয়ে গিয়েছিল। হাত জোর করে ওদের ছেড়ে দিতেও বলেছিল। ওরা আরও বলেছিল যে, ওরা যা কাজ করেছে তার পয়সাও ওদের দিতে হবে না। শুধু ওদের বাড়ি চলে যেতে দিক। ছোট ভাই ভীষণ রেগে গিয়ে চেঁচিয়ে বলল যা যা বলবে সেই ভাবে সব কাজ মুখ বুজে করতে। কেউ যেন কোন কিছু জানতে না পারে। না হলে ওদেরও গুলি করে মেরে ফেলবে। ওঁর কথামত ওই দেওয়াল খুঁড়ে মৃতদেহটা পুঁতে দেওয়া ছাড়া ওদের কোন উপায় ছিল না। সিমেন্ট বালি দিয়ে সব ভাল করে তৈরি করে দেওয়া হয়েছিল যাতে কেউ কিছু না বুঝতে পারে। পরের দিন টাইলসের মিস্ত্রীদের ডেকে নিচের তলা এবং উপরের এই দেওয়াল ভাল করে মুড়ে দেওয়া হল। আমাদের কোন দোষ নেই,

প্রানের ভয়ে আমাদের এসব না করে কোন উপায় ছিল না। আমাদের কিছু হলে আমাদের পুরো পরিবার ধ্বংস হয়ে যাবে। ওর দাদার বক্তব্যের সঙ্গে সব কিছু ঠিক ঠিক মিলে গেল। আর কোন দ্বিমতের জায়গা নেই, আসল অপরাধী যে কে সেটা ভালমতোই পরিষ্কারভাবে জানা গেল।

মিস্ত্রীদের বলা হল ওই দেওয়াল ভেঙ্গে মৃতদেহটা সাবধানে বার কর আনতে। মৃতদেহটা বার করে আনার পর উকিলবাবু সনাক্ত করলেন, ওটাই নির্মলা দেবীর দেহ। কুকুরটাও উৎসুকভাবে এদিক ওদিক ঘুরছিল, দেহটা দেখার পর বুকের উপর ঝাঁপিয়ে পরে চিৎকার করতে লাগল। অপরাধীর দাদাও সনাক্ত করলেন এবং জোর দিয়ে বললেন ওঁর ছোটভাইই ওকে খুন করেছে এবং সব কিছু গোপন রাখার জন্য মিস্ত্রীদের ডেকে রাতারাতিই দেওয়ালের মধ্যে পুঁতে দিয়েছে। আমি যেহেতু সব জানি, ও আমাকেও পৃথিবী থেকে সরিয়ে দেবার জন্য পাহাড় থেকে ফেলে মেরে ফেলতে চেয়েছিল, আমি কোন রকমে বেঁচে গেছি। ভাবলে অবাক লাগে, আমার নিজের ভাই আমাকে মেরে ফেলতে গেল আর যারা কোনদিন আমাকে দেখেও নি তারা বাঁচাল। যদিও এই সাংঘাতিক যন্ত্রণা নিয়ে বাঁচা, তবুও একমাত্র সান্তনা যে ওর এই পাপ কাজের কথা জানিয়ে যেতে পারব এবং আমিও প্রায়শ্চিত্ত করার সুযোগ পাব। আপনারা আর একদম সময় নষ্ট না করে ওকে গ্রেপ্তার করুন। আমিও আপনাদের কাছে ধরা দিচ্ছি, আমি ওর সঙ্গে ছিলাম। সম্পত্তির লোভ আমাদের পাগল করেছিল। এই পাপের প্রায়শ্চিত্ত আমাকে করতেই হবে। এই জঘন্য অপরাধ এবং অপরাধীদের বিষয়ে আর কোন দ্বিমত থাকার প্রশ্ন ছিল না। দুজনকেই গ্রেপ্তার করা হল। বড় ভাইকে ধন্যবাদও জানান হল তার এই সাহায্যের হাত বাড়িয়ে দেবার জন্য। অপরাধের আত্মগ্লানি এবং

অনুশোচনার ফলে এইভাবে এগিয়ে না এলে, আসল অপরাধীকে খুঁজে পাওয়া এবং গ্রেপ্তার করা এত সহজ হত না।

এই ঘটনায় বনবিহারী বাবু ভীষণ ভেঙ্গে পড়েছিলেন। ঠিক ওই সময়েই কয়েকটা গুরুত্বপূর্ণ কাজ সামলাতে তাঁকে বাইরে যেতে হয়েছিল। এত সাংঘাতিক কিছু ঘটতে পারে তিনি কল্পনাও করতে পারেন নি। গৌতম বাবুকে উনি কথা দিয়েছিলেন যে নির্মলার পাশে সব সময় থাকবেন এবং কেউ যাতে কোন ক্ষতি না করতে পারে সেটা দেখা তাঁর দায়িত্ব। গৌতম বাবুরও ওনার উপর অগাধ আস্থা ছিল। উনি সে কথা রাখতে পারেন নি। সারাজীবন এই অপরাধবোধ তাঁকে আঘাতে আঘাতে বিপর্জস্ত করবে।

ওদের আদালতে পেশ করা হল বিচারের জন্য। আদালতে শুনানির সময় ছোট ভাইও তার অপরাধ স্বীকার করে নিল। বিচারে ওরা দুজনই দোষী সাব্যস্ত হল। ছোট ভাইয়ের নিজের স্ত্রীকে নৃশংসভাবে হত্যা করা এবং বড় ভাইকে হত্যার চেষ্টা করার অপরাধে যাবজ্জীবন সশ্রম কারাদণ্ড হল। বড় ভাইয়ের দশ বছর সশ্রম কারাদণ্ড হল। পুলিশের তরফে রাজমিস্ত্রীদের বিরুদ্ধে অভিযোগ দায়ের করা হয় নি, ওদের সামাজিক অবস্থা এবং অসহায়তার কথা ভেবে। দুই ভায়ের বার বার ঘৃণ্য আক্রমণের সম্মুখীন হয়ে নির্মলা যেন বুঝতে পেরেছিল তার জীবন সংশয়ের পরিস্থিতি। বনবিহারী বাবুর সঙ্গে কথা বলে তার নতুন উইলে পরিষ্কার করে বলে দেওয়া হয়েছিল যে, কোন কারনে নির্মলার মৃত্যু হলে, সমস্ত বিষয়সম্পত্তি যেন সরকারের হাতে তুলে দেওয়া হয়। সবকিছু যেন বিভিন্নভাবে দুঃস্থ ও গরীবদের সহায়তায় এবং কল্যাণ কাজে নিয়োজিত হয়। স্কুল, কলেজ, হাসপাতাল প্রতিষ্ঠা এবং তার সুযোগ সুবিধা সবার কাছে পৌঁছে দেওয়াই হবে মূল লক্ষ্য। বনবিহারী বাবু সরকারের সঙ্গে কথাবার্তা বলে সব ব্যবস্থা করার দায়িত্ব নিজে নিয়ে নিলেন। নির্মলার এই আত্মত্যাগ কোন দিন ভোলা

সম্ভব নয় । অনেক দিয়ে গেছে, জীবনে কিছুই পায় নি। নির্মলার নামেই হবে ওই ট্রাষ্ট ফাণ্ড এবং সব কিছুর মধ্যেই নির্মলার নাম জড়িত থাকবে। সে ব্যবস্থা বনমালী বাবু করবেন ।

এই ঘটনা অনেক কিছু চোখে আঙ্গুল দিয়ে দেখিয়ে দেয় । যে গাছের ডালে বসে আছে সেই ডালেরই গোঁড়া কাটলে মৃত্যু অনিবার্য । গাছটাকে ঠিকমত বাঁচিয়ে রাখার দায়িত্ব তাদেরই নিতে হবে । জীবনের চলার পথে অনেক অন্ধকারাছন্ন গলির মোড়ের হাতছানি সামনে আসবে । তাতে সাড়া দেওয়া মানে জীবনকেই অন্ধকারে ঠেলে শেষ করে দেওয়া । জীবনের ব্যালান্সসীটও সবাইকে শেষ অবধি মিলিয়ে যেতে হবে ।

একটা কথা জেনে রেখ । যে কোন দুষ্কৃতী অন্যায় করে যাবার সময়, ঠিক কিছু না কিছু সুত্র পেছনে ফেলে যায়। ঠিকমত সব কিছু ধরে এগোলে ওই সুত্র ধরেই তার কাছে ঠিক পৌঁছে যাওয়া যায় । আইনের হাত অনেক লম্বা, তাকে এড়িয়ে যাওয়া সহজ নয় । ভেবে দেখ কুকুরটাই বার বার ঘুরে ঘুরে আর চীৎকার করে ঘটনার দিকে সবার নজর টেনেছে, আবার দেহটা বার করার পর ওই কুকুরটাই বুকের উপর ঝাঁপিয়ে পরে সনাক্তও করেছে । অসাধারন প্রভুভক্তি । মাঝে মাঝেই মনে হয় মানবিকতাহীন মানুষদের থেকে ওদের স্থান অনেক উপরে । বনমালী বাবুও ওর এই কাজে অভিভূত । ওকে সঙ্গে নিয়ে গেছেন আদর যত্ন করে বড় করে তুলবেন বলে । নির্মলার স্মৃতি ওই জাগ্রত রাখবে ।

অনেক কথা হল । এবার একটু ভাল চা খাইয়ে দাও । একটু কাজে বের হব ।

অন্ধকারের উৎস হতে

আসা যাওয়ার পথের ধারে নিত্য কত কি যে ঘটে যায়, তার হিসাব মেলান সত্যিই ভার। পথ চলতে চলতে নানা স্বাদের অভিজ্ঞতায় ঝুলি যায় ভরে। পরিচয় হয় নানা পথের, নানা মতের মানুষজনের সাথে। কত মুখোশ যে যায় খুলে, আর মুখোশহীন সে সব চেহারা মনকে যেমন নাড়া দিয়ে যায়, সাথে সাথে জাগায় নানা প্রশ্ন। চোখের সামনে ঘটে যায় নানা ঘটনা। কিছু স্থান পায় স্মৃতির পাতায় আবার কিছু যায় হারিয়ে বিস্মৃতির আড়ালে। কিছু অভিজ্ঞতা আবার হাজার চেষ্টা করেও যায় না ভোলা।

এইরকম অনেক ঘটনা, দুর্ঘটনার প্রত্যক্ষ সাক্ষী আমাদের প্রত্যুষদা, প্রত্যুষ সান্যাল। আমাদের আড্ডার আসরে প্রায়ই তাঁকে পাওয়া যায়। আজ প্রত্যুষ দার কাছে আমাদের আবদার তার এইসব অভিজ্ঞতার মধ্যে থেকে আমাদেরও কিছু ভাগ দিতে। চায়ের কাপে লম্বা চুমুক দিয়ে উনি শুরু করলেন, আমরা আগ্রহের সাথে শুনতে শুরু করলাম।

কর্মসূত্রে অনেক নতুন নতুন জায়গায় ঘোরার সুযোগ হয়েছিল। লক্ষণীয় ব্যাপার ছিল পরিবেশ পরিজনের সঙ্গে তাল রেখে জীবনযাত্রার সার্বিক আবর্তন। এই ঘোরাঘুরির মধ্যেই একবার থাকতে হয়েছিল এক অতি অভিজাত কমপ্লেক্সে। বেশ কয়েক বছর ওখানে কেটেছিল। ওই অতি আভিজাত্য ভরা পরিবেশের সঙ্গে খাপ খাইয়ে চলাও ছিল বিচিত্র অভিজ্ঞতা।

সেখানে আমিই একমাত্র চাকুরীজীবী মধ্যবিত্ত, মাসের শেষে হাতেগোনা মাইনের টাকা জমা পরে ব্যাঙ্কে। আশেপাশে তাকালে কোটিপতিদের ভিড়। লিফটে ওঠা নামার সময় বা এদিক – ওদিক ঘোরাঘুরির পথে যেসব আলোচনা কানে পৌঁছত তা এঁদের অর্থনৈতিক ক্ষমতা বা প্রতিপত্তির সঙ্গে ভালোভাবেই পরিচয় করিয়ে

দিত। কারুর ছ – ছটা বিরাট বিরাট চা বাগান, আরও কত কি, কেউ আবার অনেক বড় শিল্পপতি। উৎসবের সময়ের ভিড় এড়াতে এঁরা উরে যান ইউরোপ বা আরও দূরে। সঙ্গে যায় কাজ গোছানর লোকজনও। সপরিবার ভ্রমণে যাতে কোনরকম কিন্তু না থাকে, অস্বস্তি না থাকে। মনে সম্ভ্রম না জেগে উপায় ছিল না। মধ্যবিত্ত পরিবারে জন্ম এবং বেড়ে ওঠা, তাই মধ্যপন্থা অবলম্বন করেই চলতাম। না বেশি কাছে, না বেশি দূরে।

ওই কমপ্লেক্সের পাশেই ছিল বেশ বড়সড় বাংলো বাড়ি। চারপাশে সবুজ লন কয়েক একর জায়গা জুড়ে। বিশাল দোতলা বাড়ি, যেন আলো ঝলমল রাজপুরী। এর মালিক যে অনেক উপরতলার বাসিন্দা সেটা কারুর বলার অপেক্ষা রাখে না। সমাজে এঁদের স্থান অনেক অনেক উপরে। আমার ফ্ল্যাটের বারান্দায় দাঁড়ালে বাড়িটা এবং আশপাশের লন পরিষ্কার চোখে পড়ে। নিয়ম করে প্রতি শনিবার থাকে পার্টির ভিড়ে ঠাসা। সে যেন আলোকোজ্জ্বল বিশাল উৎসব। খাওয়া দাওয়া, গানবাজনার এলাহি ব্যবস্থা। সঙ্গে বিলিতি পানীয়ের ফোয়ারা এক বড় আকর্ষণ। অনেক রাত অবধি চলে হই – হুল্লোড়। বানিজ্যিক সংস্থার থেকে শুরু করে শহরের ব্যবসায়ী মহলের তাবড় লোকেদের ভিড়ে ঠাসা। ওই পার্টির সুবাদে ভবিষ্যতের অনেক কর্মকাণ্ডের হিসাব নিকাশও পাকা হয়ে যায়। কড়া পাহারায় নিশ্চিন্ত ফুর্তির আমেজ। অনেক রাতে পার্টি শেষ হলে টলমল পায়ে চলে ধন্যবাদ জানানোর পালা। অনেকেই চলি চলি করে, চলিতে না পারে। অন্যের কাঁধে ভর দিয়ে গাড়িতে ওঠা। আমাদের আবাসনের অনেক গণ্যমান্যরাও থাকেন নিমন্ত্রিত। যারা নিমন্ত্রণ পান তারা যেন অন্যদের থেকে অনেকটা এগিয়ে যান।

আমার সঙ্গে অবশ্য কারুরই তেমন আলাপ ছিল না। রাস্তাঘাটে দেখা হলে হাই – হ্যালোর বেশি কিছু ছিল না। আবাসনের একটা ফ্ল্যাটে

এক মধ্যবয়স্ক ভদ্রমহিলা একা থাকতেন । অপরূপ সুন্দরী। বিলাসবহুল সাজসজ্জা আর শৃঙ্গারের গুণে হয়ে ওঠেন যেন আরও অতুলনীয়া । কেন জানি না আমার মনে ওঁর প্রতি একটু শ্রদ্ধার ভাবই ছিল । যেন মাতৃরুপেন সংস্থিতা। আবাসনের অনেকেই কেন যেন ওঁকে এড়িয়ে চলত ।

বেশ কিছুদিন থাকার সুবাদে একজনের সঙ্গে দূরত্বটা অনেকটাই কমে গেল। ভদ্রলোক বয়সে আমার থেকে অনেকটাই বড় । স্বামী – স্ত্রী একটা ফ্ল্যাটে থাকেন । দুই ছেলেই কর্মসূত্রে বিদেশে থাকে । বছর দুয়েক অন্তর কয়েকদিনের জন্য মা বাবাকে দেখতে আসা । ওই দিনগুলো ছাড়া ওঁদের খুবই নিঃসঙ্গ জীবন । ভদ্রলোকের বড় ছেলের বয়স আমারই আশেপাশে হবে । সেই জন্যই কিনা জানিনা, ভদ্রলোকের আমাকে খুব ভালো লেগেছিল । শনিবার আর রবিবার আমার অফিস ছুটি থাকত । আমি ছিলাম ব্যাচেলর মানুষ । আমার কোন পিছুটান ছিল না । ওদিকে ভদ্রলোকের গিন্নীর আবার টি . ভি . সিরিয়াল দেখার নেশা । পরপর বেশ কয়েকটা চলে । আর তারপর চলে অন্য গিন্নীদের সাথে প্রাত্যহিক আড্ডা । বয়সের এই মোড়ে এসে মানুষ যেন ভীষণ নিঃসঙ্গ বোধ করে । উনিও একদমই একা হয়ে যেতেন । ওঁর আন্তরিক ইচ্ছাতে এবং আমাদের মিলিত উৎসাহেই ওই সাপ্তাহিক বৈঠকের ব্যবস্থা। আমাদের শনি – রবিবারের সান্ধ্য আড্ডা জমে উঠত তেলেভাজা আর গরম চায়ের সঙ্গে । কোথা দিয়ে যে সময় কেটে যেত খেয়াল থাকত না । নানা বিষয়ে আলোচনা চলত । বয়স্ক ভদ্রলোক এখানকার অনেক পুড়নো বাসিন্দা । প্রায় তিরিশ বছরের সম্পর্ক । তাই অনেক বাস্তব অভিজ্ঞতায় ওঁর ঝুলি পূর্ণ । সেইসব অভিজ্ঞতার কাহিনীই উনি একের পর এক শোনাতেন । একদিন চায়ের পেয়ালায় যেন সত্যিই ঝড় বইল । সেই ঝড় যেন পুর পালটে দিল অনেকের উপর এতদিনের ধীরে ধীরে গড়ে ওঠা বিশ্বাস

এবং মানবিকতার মুখ গুলো। মুখোশ সরিয়ে যেন আসল মুখের দেখা মিলল। পাশের ওই বিশাল বাংলো বাড়ির বর্তমান মালিকের ব্যাপারেই কথা হচ্ছিল। বর্তমান মালিক আসলে খানদানি পরিবারের শেষ প্রদীপ শিখা। ওঁর বাবা ছিলেন পরিবারের একমাত্র সন্তান। সেই সুবাদে যথাসময়ে পরিবারের স্থাবর, অস্থাবর সমস্ত সম্পত্তির মালিকানার উনিই হলেন উত্তরাধিকারী। সবকিছু ঠিকমতই চলছিল, বিশাল অর্থ সম্পত্তির মালিকানা জীবনের চলার পথেও অনেক পরিবর্তন নিয়ে এল। একটা বিরাট দুর্ঘটনা যেন সবকিছু ওলটপালট করে দিল। বর্তমান এই মালিকের দুই দাদা ওঁর জন্মের অনেক আগেই খুব অল্প বয়সেই পথ দুর্ঘটনায় মারা যায়। এই দুর্ঘটনার আঘাতে ভীষণভাবে বিপর্যস্ত, প্রায় মানসিক ভারসাম্য হারিয়ে ফেলা, জীবন সম্বন্ধে নির্বিকার এই পরিবারে ফের আশার প্রদীপ জ্বলে ওঠে এই পুত্রসন্তানের জন্মের সাথে। নিজেদের যেন আবার নতুন করে খুঁজে পায় এঁর বাবা মা। ছেলেবেলায় পড়াশোনা এবং সাথে খেলাধুলায় চৌখশ ছেলে আস্তে আস্তে বাবা - মার বিরাট ভরসাস্থল হয়ে উঠল। টাকাপয়সার অঢেল জোগান আর বাবা – মায়ের লাগামহীন অন্ধ স্নেহ ধীরে ধীরে যেন টলিয়ে দিল জীবন পথের নতুন পথিকের পা দুটো। অর্থ সম্পদের জোয়ারে ভাসা যুবকের চারপাশে ভিড় করল স্বার্থান্বেষী সুযোগসন্ধানী মানুষের দল। অন্ধকার জগতের হাতছানি চলার পথে যেন বিষ ঢালতে লাগল। দুশ্চিন্তার কালো অন্ধকার আবার বাবা – মার মনকে ভারাক্রান্ত করে দিল। সহজ আকাঙ্ক্ষিত পথে ফিরিয়ে আনতে বিত্তশালী সম্ভ্রান্ত পরিবারের মেয়ের সাথে তার বিয়েও দিয়ে দিলেন। ছেলের জীবন পথের খুব একটা পরিবর্তন হল না। বিয়ের পর কিছুদিন যেতে না যেতেই আবার সেই ফেলে আসা জগতেই ফিরে গেল। সম্ভ্রান্ত পরিবারের একমাত্র সন্তান, ওই পুত্রবধূ এই অবহেলা ভরা ঘৃণ্য জীবন একেবারেই মেনে নিতে পারে নি। এই জঘন্য পরিবেশের থেকে অব্যাহতি পেতে একদিন সব সম্পর্ক ছিন্ন

করে আবার বাবা – মায়ের কাছেই ফিরে গেল। স্বার্থান্বেষী বন্ধুর ভেক ধরা মানুষের দল আরও জাঁকিয়ে বসল। মাদক, মদ আর নিষিদ্ধ পল্লীর টান কুরে কুরে খেতে লাগল তার জীবনকে। আমাদের এই আবাসনেও ওই ভদ্রলোকের একটা ফ্ল্যাট আছে। যে ফ্ল্যাটে ওই সুন্দরী ভদ্রমহিলা একা থাকেন। জানা যায় কোন নিষিদ্ধ পল্লীতে যাওয়া আসার সুত্রেই ভদ্রলোকের তার সঙ্গে যোগাযোগ। কোন ঘটনা শেষ অবধি ওকে এইখানে নিয়ে আসতে বাধ্য করে। শুনলে অবাক হবে আবাসনের অনেক তাবড় লোকেরই ওখানে ভালই যাওয়া আসা। দিনের বেলার বিত্তবান সম্ভ্রান্ত উপরতলার মুখোশধারী মানুষগুলো রাতের অন্ধকারে মধুলোভী মৌমাছির মত ভিড় জমায়। দিনের বেলা কিন্তু ওই মহিলা অস্পৃশ্যা, তাই সবাই এড়িয়ে চলে। ওদিকে পাশের বাড়ির ভদ্রলোকের অবস্থা দেখে ওঁর এক আত্মীয় তার মেয়েকে রেখে যায় দেখাশোনা করার জন্য। তারও সম্মান উনি রাখতে পারেন নি। কিছুদিন বাদে মেয়েটি আত্মহত্যা করে। টাকার জোরে জল বেশিদূর গড়ায় নি। কিন্তু অনুতপ্ত ভদ্রলোক মেয়েটির পরিবারের একটি ছেলেকে দত্তক নিয়ে লালনপালন করেন। ওই অন্ধকারাচ্ছন্ন পরিবেশে ছেলেটির জীবনস্রোতও অন্যখাতেই বইতে থাকে।

চায়ের পেয়ালার ঝড় সেদিনকার মত থামলেও মনটা বিষণ্নতায় ভরে গেল। তিলে তিলে গড়ে তোলা কত ছবি যেন ভেঙ্গেচুরে ধুলয় মিশে গেল।

গতানুগতিক ভাবে অফিস আর বাড়ির ব্যস্ততায় দিনগুলো ক্রমশ নিজের গতিতে এগিয়ে চলে। একদিন অফিস থেকে ফিরে এক কাপ চা নিয়ে টি. ভি. র সামনে বসে তাজা খবরগুলোয় চোখ রাখছিলাম। হঠাৎ বাইরে থেকে বিরাট চেঁচামেচির শব্দ কানে এল। ঘর থেকে বেরিয়ে করিডর ধরে এগিয়ে দেখলাম ওই ভদ্রমহিলার ফ্ল্যাটের সামনেই অনেকে দাঁড়িয়ে। সবাই খুব উত্তেজিত। ভদ্রমহিলার প্রতি

অশালীন মন্তব্য করতে ব্যস্ত। ভদ্রমহিলা অনেক করে কিছু বোঝাবার চেষ্টা করছেন। কেউ তাঁর কথায় কান দিচ্ছে না। আমি এগিয়ে গিয়ে ব্যাপারটা বোঝার চেষ্টা করলাম। কেন জানি না, ওঁর প্রতি আমার শ্রদ্ধার ভাব এখনও আছে এবং আমার নিশ্চিত বিশ্বাস যে উনি এমন কিছু করতে পারেন না যার ফলে এই অবাঞ্ছিত তাণ্ডব। কথাবার্তা এবং আলোচনার থেকে বুঝলাম, ভদ্রমহিলা দু দিন আগে গাড়ি নিয়ে বেড়িয়েছিলেন, এবং ফেরার পথে কোন একটা মোড়ে, একটা অটোরিকশা কোনকিছু না দেখে হঠাৎ গাড়ি ঘুড়িয়ে দেয়। ড্রাইভার তাকে বাঁচাতে গিয়ে ফুটপাতের উপর উঠে পড়ে। গাড়ির পিছনের চাকাটা ওখানে শুয়ে থাকা একটা কুকুরের পায়ের উপর দিয়ে চলে যায়। ভীষণ আঘাতের যন্ত্রণায় কুকুরটির আর্তচিৎকার উনি উপেক্ষা করতে পারেন নি। তাকে তুলে নিয়ে সোজা পশু হাসপাতালে চলে যান। চিকিৎসার পর একটা পায়ে পুর ব্যান্ডেজ বাঁধা অবস্থায় নিজের কাছে নিয়ে চলে আসেন। মায়ের মন বুঝে নিয়েছিল যে কুকুরটার পক্ষে ঐ অবস্থায় খাবারদাবার জোগাড় করা বা স্বাভাবিক জীবন যাপন করা অসম্ভব। তাই তাকে সুস্থ করে তোলার এই প্রয়াস।

আবাসনের কোটিপতি সম্ভ্রান্ত ব্যক্তিদের পক্ষে এটা মেনে নেওয়া একাবারেই সম্ভব হয় নি । এরকম একটা নামী আবাসনে একটা রাস্তার কুকুরকে তুলে এনে, এই প্রয়াস বরদাস্ত করা অসম্ভব। কোটি কোটি টাকায় মোড়া মনগুলোর কাছে এই মানবিকতা সম্পূর্ণ অযৌক্তিক। তাদের কাছে এর কোন মুল্য নেই, তাই ভদ্রমহিলার এই ধৃষ্টতা অমার্জনীয় অপরাধ । ভদ্রমহিলা এসবে বিন্দুমাত্র কর্ণপাত করেন নি । পরিষ্কার জানিয়ে দিয়েছেন যে তাঁর গাড়ি কুকুরটাকে আহত করেছে, তাই তাকে সুস্থ না করা অবধি সে তাঁর কাছেই থাকবে।

আমি আর থাকতে পারি নি । পরের দিনই অফিস থেকে ফিরে সন্ধেবেলা, এমন একটা অসাধারন মানবিক প্রয়াসের জন্য ধন্যবাদ জানাতে গেলাম । কেমন যেন মনমরা হয়ে বসেছিলেন । আমাকে দেখে যেন চমকে উঠলেন। হাত জোর করে ধন্যবাদ জানিয়ে বললাম, আপনার মধ্যে যে মাতৃরুপ আমি আগেই লক্ষ্য করেছি, আজ তার সম্যক প্রমান পেলাম। ওঁর দু চোখ জলে ভরে গেল। খানিকটা ধাতস্থ হয়ে চোখ মুছতে মুছতে বললেন, জানেন আমাদের মত মেয়েরা নাকি সমাজের কলঙ্ক। আত্মীয়স্বজন, সমাজ সবাই আমাদের দূর দূর করে দুরে সরিয়ে দিয়েছে। বাবা – মার তিন সন্তানের আমি একজন। খুবই গরিব পরিবারে আমাদের জন্ম । পুরোহিতগিরি করে বাবার যা সামান্য আয় হত তাই দিয়েই সংসার চলত । অভাব অনটন লেগেই থাকত । গ্রামের স্কুলে পড়াশোনা করতাম । অনেক স্বপ্ন দেখতাম । নিজে বড় হব । নিজের পরিবার, গ্রামের জন্য কিছু করব। হঠাৎ একদিন বাবার কোন একজন যজমান একজন ভদ্রলোককে নিয়ে আমাদের বাড়িতে হাজির। অবস্থাপন্ন লোক । তার সঙ্গে আমার বিয়ে দিলে, উনি নাকি বাবাকে বেশ কিছু টাকা উপহার হিসাবে দেবেন । হতদরিদ্র বাবা সহজেই টোপটা গিলে নিলেন । আমার মতামত

সেখানে একেবারেই মূল্যহীন। বিয়ের কিছুদিন পরেই যা হবার তাই হল। আমি হলাম কোন এক নিষিদ্ধ পল্লির বাসিন্দা। সমাজে অচ্ছুত। এমনকি বাবা মাও সমাজের বিধানে আমাকে পরিত্যাগ করলেন। শুরু হল আমার নিঃসঙ্গ বাঁচার লড়াই। প্রথম প্রথম এই বিরাট আঘাত আমাকে ভীষণভাবে জর্জরিত করে ছিল। বাঁচার ইচ্ছাও ফিকে হয়ে যাচ্ছিল। চোখের জলে ভেসে শুধু ভাবতাম, এ কোন সমাজ। গরিবদের পায়ের তলায় পিষে, যারা আকাশে উড়ে বেড়াতে চায় তাদেরই অঙ্গুলিহেলনে সমাজের ওঠা বসা। হতদরিদ্র গরিবেরা মাটিতে মিশতে মিশতেও ওদেরই পা আঁকড়ে পরে থাকে। অনেক আঘাত সয়েও শেষ অবধি আত্মহত্যার পথ থেকে সরে, এই অন্ধকার গলির পথেই জীবনের পথ চলা শুরু হল। সমাজের তথাকথিত ধারক বাহক সম্ভ্রান্ত তাবড় লোকগুলোর, যাদের অঙ্গুলিহেলনে সমাজকে উঠতে বসতে হয়, রাতের অন্ধকারের হিংস্র নির্লজ্জ নগ্নরুপ দেখে মনে মনে শিউরে উঠতাম। মনে হত এই মুখোশধারিদের চিনতে পুরোপুরি ব্যর্থ এই সমাজ তাদের প্রভাবেই এক বিরাট অবক্ষয়ের দিকে যেন দিন দিন এগিয়ে চলেছে। যে কুঁড়ি ফুল হয়ে ফুটে উঠে সমাজকে সুগন্ধে ভরে দিতে চেয়েছিল, তাকে কুঁড়িতেই ছিন্নভিন্ন করে দিল। তাই এই সমাজ আজ আমাকে কি চোখে দেখে, কি ভাবে তাতে আর আমার কিছু যায় আসে না। বাইরেটা ওদেরই দেওয়া কলঙ্কের কালি মেখে থাকলেও, অন্তরে সেই ফুল ঠিকই ফুটেছে। তাই ওই রাস্তার কুকুরটাকে ফেলেও পালিয়ে আসতে পারি নি। কোন কিছুর ভয়ে ভাবনায় নয়, এ শুধু অন্তরাত্মার ডাকে। আমাদের মত হাজার হাজার মেয়েকে কালো কালিমায় ঢেকে, যারা কোটিপতির স্বর্ণজ্বল জীবন কাটায় আর সবার বাহবা কুড়োয়, তাদের আমি মনেপ্রাণে ঘৃণা করি। এদের মুখোশ খোলার ক্ষমতা আমার নেই। টাকা যে সব কিছু কিনতে পারে। সব কিছু হয়ত বুঝতে পারলেও সবাই যেন ওদের পায়ের তলায়ই পরে থাকে। আপনি হয়ত ভাবছেন আমি সব বুঝেও

এখনও কেন এই পথে হাঁটছি। এই সব মেয়েদের অন্ধকার দিন গুলোয় যদি একটু আলো ছড়াতে পারি, সেই আশাতেই এই পথে হাঁটা। শুধু এই মেয়েরাই নয়, এদের কোলে জন্ম নেওয়া ছেলে মেয়েরাও সমাজে অচ্ছুত। ওদের খেলা ধুলার, শিক্ষা দীক্ষার কোন অধিকার নেই। একটা কিশোরী মেয়ের আঁকা ছবি দেখে মন ভরে গিয়েছিল। ছোট ছোট ছেলেমেয়েদের গান শুনে, কবিতা আবৃত্তি শুনে মন আকুল হত। মনে ভাবতাম এদের তো কোন অপরাধ নেই। এরা কেন আর সবাইয়ের মত জীবন গড়ার সুযোগ পাবে না। এইসব কুঁড়ি একদিন ফুল হয়ে ফুটে সমাজকে আলোয় ভরে দিতে পারবে। ওদের কথা ভেবেই আমরা একটা সংগঠন তৈরি করলাম। কয়েকজন মিলে ওদের ভালভাবে বেড়ে ওঠার সুযোগ তৈরি করা হল। সবরকম ভাবে বেড়ে ওঠার ব্যবস্থা করাই প্রধান উদ্দেশ্য। এই কাজের জন্য টাকার ব্যবস্থা করাটাই বড় সমস্যা হয়ে দেখা দিল। কিছু সাহায্য জোগাড় হলেও, প্রয়োজনের তুলনায় তা অনেক কম। এইসব কোটিপতিরা নেশাভাঙ্গ আর নিশিপদ্মের মধুর খোঁজে লাখ লাখ টাকা ছড়াতে রাজি, কিন্তু এই ব্যাপারে ওদের চিন্তাভাবনার সময়ের বড়ই অভাব। ওদের থেকে টাকা জোগাড় করার এই একটাই রাস্তা খোলা ছিল। আমার সমস্ত রোজগার তুলে দিই ওই সংগঠনের হাতে। সবাই মনপ্রান দিয়ে ওই সুন্দর কুঁড়ি গুলোকে পুরোপুরি ফুটিয়ে তোলার কাজে ব্যস্ত। সমাজকে ওদের অনেক কিছু দেওয়ার ক্ষমতা আছে। ওরাই হয়ত একদিন এই অন্ধ সমাজের চোখ খুলে দেবে, এই ভরসায় আমি বাঁচছি। বেশ কয়েকজন ভাল রেজাল্ট করে স্কলারশিপ পেয়ে আরও এগিয়ে যাচ্ছে। পড়াশুনার সঙ্গে সঙ্গে কয়েকজন গান শিখছে, ছবি আঁকার কলেজে ভর্তি হয়েছে। সেদিন ওদের সঙ্গে সময় কাটিয়ে চোখের জল বাগ মানেনি। নতুন সূর্যোদয়ের খবর যেন ওদের সুন্দর নির্মল হাসিতে আর উজ্জ্বল চোখের চাউনিতে ছড়িয়ে ছিল। ওদের এগিয়ে নিয়ে যাবার জন্য আমার এই কাজটা আর পাপ বলে মনে হয়

না। মনটা কোথায় যেন হারিয়ে গিয়েছিল। জীবন পথের এত বড় শিক্ষা, যেন মনকে আচ্ছন্ন করে ফেলেছিল। হঠাৎ কানে এল ওঁর গলা, আমার হাতে করা চা কি খাবেন! হ্যাঁ খাব, নিশ্চয় খাব। ও চা আজ আমার কাছে অমৃত সমান। ভারাক্রান্ত মনে আবার নিজের বাড়িতে ফিরে এলাম।

এর কিছুদিন বাদেই ঘটল আরও এক ঘটনা। যা আমাদের চোখের উপর থেকে মোহের পর্দাটা টেনে সরিয়ে দিল। জীবনের চলার পথটাকে আরও ভাল করে চিনতে শেখাল। সেটা ছিল রবিবারের সকাল। গড়িয়ে গড়িয়ে দুপুরের দিকে এগোচ্ছে। সারা সপ্তাহব্যাপী ব্যস্ততার পরে, যেন নিজেকে নিয়ে একটুখানি একান্তে ভাবার সময়। হঠাৎ বাইরে থেকে ধেয়ে আসা বিশাল চেঁচামেচি আর হইহট্টগোলের

আওয়াজে চমক ভাঙ্গল। আবাসনের পাশের সেই বিখ্যাত বাড়ির সামনেই জটলা। তৈরি হয়ে নিয়ে ব্যাপারটা ভাল করে বুঝতে ওখানে হাজির হলাম। একটু দুরের বস্তির অনেকে এসে জড়ো হয়েছে। সবাই ভীষণ উত্তেজিত। বাড়ির দরজা ভেতর থেকে বন্ধ করা।

ভেতরে পুলিশের গাড়িও দাঁড়িয়ে আছে। খবর পেয়ে আরও পুলিশ এসে হাজির হল।

কথায় কথায় জানা গেল বরাবরের মত বেশি রাত অবধি পার্টি সেরে ফিরছিল ওই তথাকথিত সম্ভ্রান্ত ভদ্রলোকের আদরের পালিত পুত্র। পুরোপুরি মদ্যপ অবস্থায় বিশাল মার্সিডিজ গাড়ি একাই চালিয়ে ফিরছিল। বেতাল হয়ে এক ট্যাক্সিকে ধাক্কা মারে। তাড়াহুড়ো করে পালাতে গিয়ে ফুটপাথে শুয়ে থাকা গভীর ঘুমে অচেতন তিনজন বস্তিবাসীর উপর দিয়ে গাড়ি চালিয়ে দেয়। পালিয়ে বাঁচাই তখন একমাত্র লক্ষ্য, মৃত্যুপথ যাত্রী মানুষগুলোর দিকে তাই তাকাবার সময় ছিল না। পরদিন সকালবেলায় নাইট ডিউটি শেষ করে বাড়ি ফেরার পথে এক পুলিশ অফিসারের নজরে পড়ে সাংঘাতিক ঘটনাটা। অনেকখানি জায়গা ছিন্নভিন্ন দেহ আর প্রচুর রক্তে ভর্তি হয়ে আছে। বুঝতে অসুবিধা হয় নি যে ঘটনাটা বেশিক্ষণ আগে ঘটেনি। তখনও রক্ত গড়িয়ে যাচ্ছে। রাস্তায় রক্তভেজা গাড়ির চাকার দাগ। রক্তের ছাপ অনুসরণ করে করে হাজির হয় এই বাড়ির সামনে। বেল বাজিয়ে ভিতরে ঢুকে অনেক গাড়ির মধ্যে চলে ওই ঘাতক গাড়ির সন্ধান। কোন সুরাহা করতে না পেরে বেড়িয়ে যাওয়ার সময় চোখে পড়ে বাড়ির পিছনদিকে মোটা চাদরে ঢাকা একটা গাড়ি। কভার সরাতেই বেড়িয়ে পরে সেই বিদ্ধস্ত গাড়ি। চাকায় তখনও লেগে আছে প্রচুর রক্তের ছোপ। সঙ্গে সঙ্গে ফোন করে পুলিশ ভ্যানকে ডেকে নেন। খবরটা ছড়িয়ে যায় আশেপাশে। বস্তির প্রচুর লোক এসে জড়ো হয়ে বিক্ষোভ দেখাতে শুরু করে। অপরাধীর চরম শাস্তি এবং মৃতদের পরিবারকে আর্থিক সহায়তার দাবি জানাতে থাকে। কেসটা নিয়ে না এগনোর জন্য অনেক টাকার প্রলোভন দেখিয়েও কাজ হয় নি। কিছুতেই কব্জা করা যায় নি ওই সৎ পুলিশ অফিসারকে।

অবশেষে সেই ধনীর ঘরের আদরের দুলালকে তার যোগ্য শাস্তিই পেতে হবে।

শরীরটা ভীষণ যেন আনচান করতে লাগল। আস্তে আস্তে বাড়িতে ফিরে এলাম। সোফায় হেলান দিয়ে বসে অনেক কিছু মাথার মধ্যে ঘুরতে লাগল। কারা ধরে আছে এই সমাজের লাগাম। কাদের কথায় সবাই সব কিছু ভুলে ওঠে বসে। এরাই কি আসলে মনুষ্যত্ব জলাঞ্জলি দেওয়া কিছু লোক, যারা টাকার জোরে সব কিনতে চায়, আর ঝাঁঝালো উজ্জ্বল আলোর মালায় নিজেদের সব কলঙ্কময় কালো দিকটা ঢেকে রাখতে পারে। তবে কি সব কুঁড়ি ফুল হয়ে ফোটার আগেই ঝরে পড়ে যাবে! ছিন্নভিন্ন হবে!

এই ঘটনাগুলো চোখে আঙ্গুল দিয়ে দেখিয়ে দিল যে টাকা দিয়ে মনুষ্যত্ব বা মানবিকতাবোধ কখনই কেনা যায় না। অনেক কুঁড়িরই ফুল হয়ে ফুটে ওঠা কেউ আটকাতে পারবে না। অনেক কুঁড়িই সব বাধা পেড়িয়ে ফুল হয়ে ফুটে ওঠে। তার সুগন্ধ ছড়িয়ে দেয় গোটা সমাজের মধ্যে, এবং এরই ফলস্বরূপ মায়ের মন রাস্তার কুকুরকে কোলে তুলে নিয়ে মাতৃস্নেহে লালন করে। আবার ডিউটি শেষ করে বাড়ি ফেরার পথে পুলিশ অফিসার টাকার হাতছানি উপেক্ষা করে ন্যায় প্রতিষ্ঠার ধারক হয়ে ওঠে। আজ সত্যিই মনে হয় আমরা সবাই যেন বড় বেশি করে শুধু নিজের জন্যেই বাঁচতে শুরু করেছি। এই মানসিকতার চাই আমুল পরিবর্তন। সবাইকে এক হয়ে লড়তে হবে। নইলে সব কুঁড়ি ফুল হয়ে ফুটে উঠবে না। কে নেবে সেই দায়িত্ব! এখন ভাবার সময় হয়ে গেছে।

চৌধুরী বাড়ির রহস্য

উত্তর কলকাতার বনেদী পারিবারের যুবকবৃন্দের কাছে রবিবার একটা বিশেষ দিন। প্রাণ ভরে আড্ডা মারার সময় আর আগামী সপ্তাহের ব্যস্ততার কথা মাথায় রেখে লড়াই করার পুরো শক্তি যেন জোগাড় করে নেওয়ার সময়। আজকের রবিবার আরও অনন্য কারন নিবারণ কাকুর আজ আসার কথা, আজকের আড্ডা তাই আরও জমজমাট হবে বলেই উৎসাহের অভাব নেই। সবাই অধীর আগ্রহে বসে আছে নিবারণ কাকু মানে, নিবারণ সান্যালের আড্ডায় যোগদানের অপেক্ষায় এবং আজকে চা আর বিস্কুটের ব্যবস্থাও পাকা।

একঘেয়ে অবসরের দিনগুলো যখন মনকে অবসন্ন করে, তখন নিবারণ বাবুও এই আড্ডাটা চুটিয়ে উপভোগ করেন। উচ্চ পদস্থ পুলিশ অফিসার হিসাবে অনেক বছর কাজ করার পর অবসর নিয়েছেন, তাই নিজের কর্মজীবনের নানান ঘটনা আর অভিজ্ঞতা এদের সঙ্গে ভাগ করে নিতে ভালই লাগে।

নিবারণ বাবু আসতেই চায়ের কাপটা হাতে তুলে দিয়ে, একটা ভাল অভিজ্ঞতার কাহিনী শোনাবার আবদার জানিয়ে সবাই উৎসুক হয়ে বসে পড়ল।

চায়ের কাপে চুমুক দিয়ে উনি বললেন, আমি তখন প্রমোশন পেয়ে কয়েক ধাপ ওপরে কাজ করি। শহরাঞ্চলে আমার অফিস এবং গাড়ীতে লাল বাতি লাগান, যার ফলে অফিসে তো বটেই, সমাজেও সবাই একটু অন্যরকম কদর করত এবং এই সুত্রে অনেকের সঙ্গে ভাল আলাপ হয়ে গিয়েছিল। ওঁরা মোটামুটি সবাই সমাজের উপরতলার বাসিন্দা যেমন, নামজাদা ডাক্তার, যাকে এক ডাকে সবাই চেনে, নয়ত বড় ডাকসাইটে ব্যবসায়ী বা নামজাদা সাহিত্যিক। বিজন চৌধুরী আবার প্রচুর ধনসম্পত্তির মালিক। উনি অবশ্য উচ্চপদস্থ সরকারি কর্মচারী ছিলেন, এখন অবসর প্রাপ্ত এবং ভাল পেনশন

পান। উত্তরাধিকার সুত্রে আগেকার সেই বড় বড় থাম দেওয়া বিশাল দোতলা বাড়ির মালিক, যার সামনে পিছনে বাগান এবং বাড়ির সামনে অনেকখানি জায়গা টাইলস দিয়ে মোড়া এবং শেড দিয়ে ঢাকা এবং অর্থ সম্পদও প্রচুর পেয়েছেন । বাড়ীতে কাজের লোকজনও আছে, তাদের মধ্যে কয়েকজন রোজ কাজকর্ম করে বাড়ি ফিরে যায়, শুধু একজন এবং তার স্ত্রী বাড়ীর লাগোয়া একটা থাকার ঘরে থাকে এবং তাদের খাওয়া দাওয়ার ব্যবস্থাও চৌধুরী বাড়িতেই । কর্মসূত্রে তাদের চৌধুরী বাড়ীর অন্দর মহলে অবাধ যাওয়া আসা, সারাদিন তাদের কাজ কর্মের মধ্যেই কেটে যায় এবং এ ব্যাপারে কোনও ফাঁক তারা রাখে না, বা কোনও রকম অজুহাতও কাজ করে না । নিজের বাড়ীর মতই সব কিছু ওরা সামলে রাখে, চৌধুরী গিন্নীর তাই ওদের উপর অসম্ভব আস্থা । বাড়ীতে অনেকগুলো ঘর তাই দোতলার একটা ঘরে ওদের জন্য একটা ছোটো টি ভিও লাগিয়ে দিয়েছেন, অবসর সময়টা একটু অন্যভাবে কাটানোর জন্য, বিশেষ করে সন্ধ্যের পর যখন কাজের তেমন চাপ থাকে না । রাত্তিরের খাওয়া দাওয়ার পচুকে গেলে ওরা নিজেদের জায়গায় চলে যায় ।

এইভাবে দিনগুলো ভালই কাটছিল। চৌধুরী বাবু আবার শুধু নিজেকে নিয়েই ব্যস্ত থাকতেন না, যতটুকু সাধ্য সমাজের আর সবার জন্যও তাঁর মন টানত এবং কারুর কোনও প্রয়োজনে উনি সব সময় সাহায্যের হাত বাড়িয়ে দিতেন, তাই ওনার প্রতি সবারই একটা ভালবাসার টান ছিল। চৌধুরী গিন্নীও টি ভি সিরিয়াল এবং কয়েকটা সিনেমায় অভিনয়ের সূত্রে সমাজে ভাল পরিচিত ছিলেন এবং আশপাশের সবার সঙ্গে সম্পর্কও খুব ভাল ছিল, সবাই ওঁদের খোঁজখবর রাখত।

সব ভালর মধ্যেও একটা বেদনাদায়ক ঘটনা জীবনের অনেক কিছু যেন কেড়ে নিয়েছিল, মনের মধ্যে সৃষ্টি হয়েছিল এক বিরাট শূন্যতা, এবং মানসিকভাবে তাদের বিপর্যস্ত করে তুলেছিল। ঘটনাটা শুনলে বুঝতেপারবে।

বিয়ের পর অনেক বছর কেটে যাওয়ার পরেও ছিলেন নিঃসন্তান, ডাক্তাররা জানিয়েও দিয়েছিলেন যে আর সে আশা নেই, কিন্তু এই পরিণতি চৌধুরী বাবুর স্ত্রী কিছুতেই মেনে নিতে পারেন নি। কোনোকিছুর তো অভাব নেই, ওঁরা একটা ছেলেকে মানুষ করতে পারবেন না! স্ত্রীর কথামত তাই একটি ছেলেকে ওঁরা দত্তক নেন এবং নিজের সন্তানের মত তাকে আস্তে আস্তে বড় করে তোলেন এবং ডাক্তারি পাশ করার পর বিদেশে পাঠিয়ে দিলেন আরও পড়াশুনার জন্য। তারপর ওখানেই বড় হাসপাতালে চাকরি নিয়ে বসবাস শুরু। দেখেশুনে ছেলের বিয়েও দিয়ে দেন এক সম্ভ্রান্ত পরিবারের মেয়ের সাথে, খুব ধুমধাম করে এবং সব দেখে শুনে চৌধুরী পরিবারও নিশ্চিত যে ওদের বিবাহিত জীবন নিশ্চয়ই সুস্থ এবং সুন্দর হবে। বিয়ের পর বৌকে নিয়ে ছেলে চলে গেল বিদেশে, কিন্তু ওদের সঙ্গে যোগাযোগও কেন যেন খুব অনিয়মিত হতে থাকল। এটা বোধহয় ওদের ব্যস্ততার কারনে, তাই এ নিয়ে আর প্রশ্ন কেউ করেনি। বছর

দুয়েক পরে ওরা ছুটিতে বেড়াতে এল এবং কিছুদিন পর ছেলে ফিরে গেল কিন্তু মেয়েটি কিছুতেই গেল না এবং রাত্তিরবেলা মায়ের বুকে মাথা রেখে হাউ হাউ করে কেঁদে যা বলল, শুনে ওঁরা বাকরুদ্ধ হয়ে গেলেন। ছেলেটির ও দেশেও একটা পরিবার আছে তাই মেয়েটিকে আলাদা একটা ঘর ভাড়া করে রেখেছিল এবং অনেক বুঝিয়েও কিছু ফল হয় নি, বরং ওর থেকেই আস্তে আস্তে দূরত্ব বেড়ে চলছিল। সাংঘাতিক মানসিক কষ্ট সহ্য করে দিনের পর দিন কেটেছে, তাই ওর কাছে আর কোনোদিনও ফিরে যাবে না, আবার মা বাবাকে এ কথা বলতেও পারবে না। বিজন চৌধুরী কথাটা শুনে হাউ হাউ করে কেঁদে ওকে বুকে জড়িয়ে ধরে বলেছিলেন আমাদের ভুল বুঝো না, আমরা এ ব্যাপারে কিছুই জানতাম না। ওর উপর আমাদের অগাধ বিশ্বাস ছিল, ও যে কেন আমাদের এ ভাবে অপমান করলো জানি না। ওকে আমরা সব কিছু দিয়ে বড় করে তুলেছি, তার এই প্রতিদান কেন দিল তা জানি না, কিন্তু আজ থেকে তুমিই আমাদের মেয়ে, এবং ওর সাথে আমাদের আর কোনও রকম সম্পর্ক থাকবে না। আমি তোমাকে কথা দিলাম যে, আমি নিজে ভাল করে দেখেশুনে তোমার বিয়ে দেব, শুধু ততদিন তুমি আমাদের মেয়ের মত এখানেই থাকবে এবং কোনও দ্বিধা মনে রাখবে না।

এর পরে ছেলেকে ত্যাজ্যপুত্র করে চিঠি পাঠিয়ে বলে দিলেন সে যেন আর কোনোদিন এ বাড়ীতে না আসে এবং এ বাড়ীর কোনও কিছুর উপর তার আর কোনও অধিকার নেই। মেয়েটিকে ওঁরা আগলে রাখছিলেন এবং সব কিছু ভোলাবার চেষ্টাও করেছিলেন, কিন্তু কিছুদিন বাদে মেয়েটি আত্মহত্যার পথই বেছে নেয়। এই মানসিক আঘাত ওঁরা কোনভাবেই মেনে নিতে পারেন নি, বুকের ভিতর ওই গভীর ক্ষত নিয়েই ওঁদের দিন কাটত, এবং সব কিছু থেকেও ওঁরা

মানসিক ভাবে ভীষণ যেন একা হয়ে গেছিলেন। আত্মীয় পরিজনের সঙ্গেও আর সেরকম আসা যাওয়া ছিল না।

জীবন নদী নিজের পথেই ক্রমাগত বয়ে চলে, ঢেউয়ের তালে তালে মানুষের জীবনের ওঠা পরাও কোনও আবেগ বা ভারসাম্যের আবদার না মেনেই নিয়মিত ঘটে চলে, কখনও সকালের নির্মল আলোয় চারিদিক ঝলমল করে, আবার কখন ঘন অন্ধকার ঢেকে ফেলে চারধার।

একদিন আকস্মিক ভাবে সেইরকম অন্ধকার ঘনিয়ে এলো চৌধুরী গিন্নীর জীবনেও, বিজন চৌধুরী হৃদরোগে আক্রান্ত হয়ে সব কিছু ছেড়ে চলে গেলেন তাঁকে একলা ফেলে। চিকিৎসার কোনরকম সুযোগই পাওয়া যাইনি, উনি মানসিক ভাবে ভীষণ ভেঙ্গে পড়েছিলেন।

শুরু হল নিরস, নির্বান্ধব কুয়াশার অন্ধকারে ঢাকা পথে একলা এগিয়ে চলা। মাঝে মাঝেই মনে হয় এটাই বোধহয় পাপের প্রায়শ্চিত্ত, একটা আধফোটা ফুলকে এইভাবে ঝরে পরতে দেওয়া এক বিরাট অপরাধ, আর এই অপরাধ বোধ তাঁকে অবিরত বিব্রত করে।

এই একলা চলার পথে একমাত্র ভরসা সুকুমার, যে প্রায় কুড়ি বছর ধরে এই পরিবারের সঙ্গে আছে এবং বাড়ীর সব কাজই দেখাশুনা করে। ওর স্ত্রীও রান্নাবান্না, কাপড় কাচা ইত্যাদি সবই করে। আর একজন আছে যে ঘরদোর পরিষ্কার করা আর অন্য খুচখাচ কাজকর্ম দেখে, তবে ও অবশ্য কাজ হয়ে গেলে বাড়ি চলে যায়।

সুকুমারের উপর চৌধুরী গিন্নীর বরাবরই অগাধ বিশ্বাস, ব্যাঙ্ক থেকে টাকা তোলা, জমা দেওয়া সবই সেই করে। কোনোদিন কোন সমস্যা হয় নি। এই বাড়ির ঠিক পেছনেই আরও একটা দোতলা বাড়িতে বিশ্বনাথ দত্ত বলে একজন থাকেন, বিবাহ বিচ্ছেদ হবার পর ওঁর স্ত্রী

বাপের বাড়ি চলে গেছেন, উনি এখন একাই থাকেন। পাড়ায় বিশ্বনাথ বাবুর সম্বন্ধে অনেক কিছু শোনা যায়, উনি নাকি মাদকাসক্ত এবং নারীঘটিত অনেক ব্যাপারে জড়িত। পাড়ার লোকজন ওঁকে একটু এড়িয়েই চলে এবং চৌধুরী বাড়িতেও তাই ওঁর প্রবেশ একরকম অবাঞ্ছিত।

চৌধুরী গিন্নীর বয়স হলেও এখনও নিজেকে যথেষ্ট সচল রেখেছেন, একটা লাঠিতে ভর দিয়ে ভালই চলাফেরা করেন। পাড়ার সবাই ওনাকে ভাল বাসে, দেখা হলেই খোঁজ খবর নেয় এবং কোনও রকম দরকার পড়লে অবশ্যই জানাতে বলে। এইভাবেই দিনগুলো কেটে যাচ্ছিল।

ওঁর বাড়ির পাশেই একটা পাঁচতলা বাড়ি, ওখানে বেশ কয়েকটা ফ্ল্যাট আছে এবং পাশের ফ্ল্যাট থেকে ওঁদের বাড়ির অনেক কিছুই দেখা যায়। ওই পাশের ফ্ল্যাট বাড়িতে সুজয় দত্ত বলে একজন থাকেন, বছর পঁয়ত্রিশ বয়েস, নিজের বলতে কেউ নেই, একাই থাকেন। চৌধুরী গিন্নীকে উনি দিদা বলে ডাকেন আর নিজের মত করেই ভালবাসেন এবং মাঝে মধ্যেই খোঁজ খবরও নেন। সুজয় একটা বেসরকারি কোম্পানিতে কাজ করে, কিন্তু ওর আরও একটা বড় পরিচয় হল সখের গোয়েন্দাগিরিতে ভাল রকম উৎসাহ। এর মধ্যেই কয়েকটা ঘটনার ভালভাবে সমাধান করে সবার দৃষ্টি কেড়ে নিয়েছে, লোকাল থানার ওসি সাহেব তাই খুব ভালবাসেন এবং ওর উপর আস্থাও রাখেন।

সুজয়ের মনে একটা প্রশ্ন ঘোরাফেরা করছে কিছুদিন ধরে। বেশ কিছুদিন হল চৌধুরী গিন্নীকে কোথাও দেখা যাচ্ছে না, নিচেও নামতে দেখা যায় না, সব কেমন যেন চুপচাপ তাই একটু খারাপই লাগে।

সুকুমারের কাজের চাপও ইদানীং যেন একটু কম, প্রায়ই দেখা যায় অন্য কোন কাজে বোধহয় ব্যস্ত থাকে। ছোট ট্রাকে করে মালপত্র আসে, আবার একটু রাতের দিকে ট্রাক বোঝাই মাল বেড়িয়েও যায়, আর এইরকম আসা যাওয়া প্রায়ই চলে। কাদের থেকে মালপত্র আসে, কোথায় বা আবার মালপত্র বোঝাই ট্রাক যায় কিছুই পরিষ্কার নয়। চৌধুরী গিন্নী যখন চলাফেরা করতেন, তখন সুকুমার আর তার বউ বাড়ির কাজেই সব সময় ব্যস্ত থাকত, খুব একটা এদিক ওদিকে তাদের দেখা যেত না। সার্বিক জীবন যাত্রায় এই আমুল পরিবর্তন, বিশেষ করে চৌধুরী গিন্নীর এইরকম আড়ালে থাকা, গোয়েন্দা সুজয়ের মনে অনেক প্রশ্ন তোলে। সব কিছু আগের মত সরলভাবে মনে হয় যেন চলছে না, আবার আরও একজন কাজের লোক ছিল, কিন্তু তাকে আর দেখা যায় না।

চৌধুরী গিন্নী ভালই করিতকর্মা, বয়সের ভারে একটু নুয়ে পরলেও মানসিক দিক দিয়ে যথেষ্ট সাবলীল, প্রায়ই লোকজনদের ডেকে হেঁকে সচল রাখতেন এবং গাফিলতির কথাও ভাল করে বুঝিয়ে দিতেন। কিন্তু অনেকদিন ওঁর গলার কোন আওয়াজ শোনা যায় না, আবার পেছনের বাড়ির যে ভদ্রলোককে উনি একদমই পছন্দ করেন না তাকেও আজকাল এ বাড়িতে আসতে দেখা যায়। সুকুমারের সাথে কি সব কথাবার্তা হয় এবং ভদ্রলোক কোন ব্যাপারে ওর উপর ভীষণভাবে নির্ভরশীল, সেটা ওঁর আচার আচরণে বেশ বোঝা যায়।

ভালভাবে সবকিছু না জেনে বুঝে এখনই এ ব্যাপারে কিছু চিন্তাভাবনা করা যুক্তিযুক্ত হবেনা, চৌধুরী গিন্নীকে ভালবাসে বলেই হয়ত নানা কথা মনে উঁকি দিচ্ছে। সুজয় ঠিক করে,ঘটনাগুলোর উপর খুব ভাল করে নজর রাখতে হবে, হয়ত তার থেকেই কোনও সুত্র বেড়তেও পারে। নিজেকে আড়ালে রেখে সব কিছুর উপর গভীরভাবে নজর রাখতে শুরু করে, আর সেরকম মনে হলে কিছু কিছু ফটো আর

ভিডিও তুলে রাখে, যাতে প্রয়োজনে ওসি সাহেবের সাথে আলোচনা করা যায়। ঘটনা যাই হোক, এর মধ্যে কিছু রহস্য লুকিয়ে আছে বলেই তার বিশ্বাস।

কয়েকদিন বাদে এক নতুন ভদ্রমহিলাকে দেখা গেল বাড়িতে ঘোরাঘুরি করতে, ভালই মনে হয় বয়েস হয়েছে, কিন্তু সৌন্দর্যে টান পরেনি এবং অবস্থাপন্ন ঘরের বলেই মনে হয়। একদিন রাত্তিরে দেখা গেল ছাদের উপর পেছনের বাড়ির ভদ্রলোকের সাথে কি যেন আলোচনা করতে, সব কিছু বোঝা গেল না, খালি ভদ্রলোককে বলতে শোনা গেল, ওসব ম্যানেজ হয়ে যাবে আপনি চিন্তা করবেন না। সুজয়ের মনে সন্দেহ আরও ঘনীভূত হল, আবার এর দু তিন দিন বাদে একটা ঘটনা সুজয়কে বেশ নাড়া দিয়ে গেল। একটু বেশি রাত্তিরে সুকুমার আর ওর স্ত্রীকে ছাদে ঘুরতে দেখা গেল, কি যেন সব আলোচনা করছিল। সুকুমার কিছু বোঝাচ্ছিল, কিন্তু ওর বউ কিছুতেই মানছিল না, এক সময় ছাদের উপর বসে পরে হাউ হাউ করে কাঁদতে লাগলো। একটু জোরে জোরেই বলল, আমি আর এসব সইতে পারছি না, তুমি আমাকে নিয়ে এখান থেকে বাড়ি ফিরে চল, আমাদের আর টাকার কোনও দরকার নেই, খেয়ে পরে বাঁচতে পারলেই হল। এই পাপে নিজেকে জড়িয়ো না, আমি আর চুপ করে থাকতে পারব না, দোহাই তোমার।

একটা সাংঘাতিক কিছু ঘটে চলেছে বা ঘটতে চলেছে সে ব্যাপারে আর সন্দেহ নেই সুজয়ের, এবং পেছনের বাড়ির ভদ্রলোক এ ব্যাপারে নিশ্চয় জড়িত, সুকুমারও জড়িয়ে পড়েছে টাকার লোভে। পরের দিন অফিস থেকে বেড়িয়েই সোজা চলে গেল ওসি সাহেবের অফিসে, অনেক কথাই আলোচনা হল। সুজয় যা যা দেখেছে বা শুনেছে সবই ওনাকে বুঝিয়ে বলল, ছবিগুলো সব দেখাল। এখনই এ ব্যাপারে কোনও হস্তক্ষেপ করার আগ্রহ উনি কিন্তু দেখালেন না, ওনার মতে

এটা ওদের সংসারের আভ্যন্তরীণ ব্যাপার। কেউ পুলিশের সহায়তার জন্য আবেদন না করলে নিজে থেকে এর মধ্যে যাওয়া ঠিক হবে না, অবশ্য সুজয়কে সব কিছুর উপর ভালভাবে নজর রাখতে বললেন।

সুজয়ের চিন্তাভাবনার অনেকটা জায়গা এখন জুরে থাকে এই চৌধুরী বাড়ির ঘটনা। একের পর এক যা নজরে পরছে, কোনটাই সাধারন বা বিচ্ছিন্ন ঘটনা বলে মনে হচ্ছে না, সুজয়ের চিন্তা হয়ত কোন বড় ঘটনা চোখ এড়িয়ে যাচ্ছে। আবার কয়েক দিন হল সুকুমারের বউকেও দেখা যাচ্ছে না, সুকুমারের সাথে কথা বলে জানা গেল ও নাকি বাড়ি গেছে।

এ দিকে এক ভদ্রলোক এসে সুজয়ের সাহায্য চেয়েছেন তাঁর মেয়ের ব্যাপারে। দুদিন আগে অফিস থেকে ফেরার পথে বৃষ্টিতে আটকে পরে, একটা জায়গায় অপেক্ষা করতে করতে একটা ট্যাক্সি দেখে হাত দেখায়। ট্যাক্সি এলে উঠতে গিয়ে দেখে সামনের সিটে একজন বসে আছেন, দুজনেই উঠে পরতে বলেন। ভদ্রলোক একটা বিস্কুট খেতে দেন, উনি নিজেও খাচ্ছিলেন। মেয়ে ফোন করে জানায় ও ট্যাক্সিতে বাড়ি ফিরছে, কিন্তু তারপরে আর কোন খবর নেই,ফোনেও পাওয়া যাচ্ছে না। আমরা পুলিশকে জানাই নি, আপনি আমাদের সাহায্য করুন, কারন ব্যাপারটা আবার জানাজানি হলে সমস্যা হবে, ওর বিয়ের কথাবার্তা অনেক এগিয়ে গেছে। ওর মোবাইল ফোনের নম্বরটাও দিয়ে গেলেন। ওঁর মেয়ের নাম সুমিতা সান্যাল, বয়স প্রায় পঁচিশ বছর।

অফিস থেকে ফেরার পথে সুজয় ওসি সাহেবের সঙ্গে আবার দেখা করতে গেল। সুকুমারের বউকে দেখা যাচ্ছে না সে কথাও জানাল। এখন যে কোন ঘটনাই মনে সন্দেহ জাগায়। মেয়েটির এইভাবে নিরুদ্দেশ হওয়ার ঘটনাও জানাল। ফেরার সময় কাছেই একটা ট্যাক্সি

দেখতে পেয়ে উঠে পড়ল। কিছুটা এগতেই ওর চোখে পড়ল সামনের সিটের পেছনে একটা কিছু লেখা আছে। মোবাইলের আলোয় ভাল করে দেখে বোঝা গেল ওটা একটা ফোন নম্বর এবং মেয়েটির নম্বরের সঙ্গে মিলিয়ে বোঝা গেল ওটা ওরই নম্বর, তার মানে এটা একটা বড় সূত্র। সময় নষ্ট না করে সুজয় ড্রাইভারকে বলল ও একটা দরকারি ফাইল ফেলে এসেছে তাই গাড়িটা ঘোরাতে হবে, এবং গাড়ি ঘুড়িয়ে আবার ওসির অফিসে হাজির হল। ওনাকে সব খুলে বলল এবং জানাল যে ওর স্থির বিশ্বাস লোকটির উপর চাপ সৃষ্টি করলে এ ব্যাপারে ও অনেক কিছুই জানাতে পারবে। ওসি দুজন অ্যাসিস্ট্যান্টকে পাঠিয়ে দিলেন ড্রাইভারকে নিয়ে আসার জন্য। জেরার চাপে সে অনেক কথা জানিয়ে দিল, একটা দল এই মেয়ে পাচার চক্রে যুক্ত। মাস দুয়েক আগে দুজন মেয়েকে চাকরি দেবার নাম করে ওরা আমার ট্যাক্সি করেই নিয়ে গিয়েছিল এবং ভাল টাকা দিয়েছিল। এক জন, যাকে আমি আগের থেকেই চিন্তাম, কয়েকবার এই কাজে আমাকে ডেকে আমার ট্যাক্সি করে গেছেন। ভাল টাকা পেতাম, তাই আমিও আপত্তি করি নি, কারন

আমার মা ক্যান্সারে ভুগছেন তাই টাকার খুব দরকার। ওরা আমাকে শাসিয়ে দিয়েছে যে এ ব্যাপারে কাউকে কিছু জানালে আমার এবং আমার পরিবারের ভয়ঙ্কর ক্ষতি হবে, সবার প্রাণও যাবে। ওসি সাহেব বললেন এখন তুমি ধরা পরে গেছ, আমাদের সঙ্গে সহযোগিতা না করলে দারুন সমস্যায় পরবে, তোমার পরিবারও ভীষণ বিপদে পরবে আর তোমার মায়ের চিকিৎসাও বন্ধ হয়ে যাবে। জেলের ঘানি টেনে তোমার জীবন কাটবে। আমাদের সাহায্য কর এবং ওদের গোপন আস্থানায় আমাদের নিয়ে চল। তোমারও তো মেয়ে আছে, এই আটকে পরা মেয়েদের জীবন বাঁচানও তোমার দায়িত্ব, বিশেষ করে তোমার ট্যাক্সিতেই যখন ওদের অনেককে ওরা নিয়ে গেছে। ওরাও

তো চাকরি নিয়ে ওদের পরিবারকে সাহায্য করতে চেয়েছে। ড্রাইভার কান্নায় ভেঙ্গে পরল এবং হাত জোড় করে বলল আমি আপনাদের কথামত সব করব, খালি আমি যাতে কাজ করে সংসার চালাতে পারি সেটা দেখবেন। ওরা ভীষণ অসহায়, আর আমার মা নইলে আর ভাল হবে না। ও সি সাহেব আশ্বস্ত করে বললেন তোমার সব কিছু ঠিক থাকবে, শুধু আমাদের সাথে সহযোগিতা কর। এই সমাজের শত্রুদের সর্ব শক্তি দিয়ে ঘায়েল করতে হবে আর এই অসহায় মেয়েদের জীবন বাঁচাতে হবে। তুমি আমাদের সঙ্গে চল ওই বাড়িটা ঠিকমত দেখিয়ে দেবে,ওদের ধরতে সব রকম সাহায্য করবে।

ট্যাক্সি ড্রাইভার ওঁদের ওই বাড়িটায় নিয়ে গেল। সুজয় অবাক বিস্ময়ে বলল এত ওই লোকটার বাড়ি, যাকে ওই সামনের বাড়িতে সুকুমারের সঙ্গে কথা বলতে দেখে, বেশি রাতে কি সব আলোচনা করে। ওসি সাহেব বললেন এখন আর কোন আওয়াজ করা চলবে না, ওরা যেন কোনও কিছু টের না পায়। দলের সবাইকে চারদিক ঘিরে কড়া নজর রাখতে বললেন, যাতে কেউ পালাতে না পারে। বাড়িতে ঢোকার দরজা ভেতর থেকে বন্ধ, বেল বাজান হল। একজন সশস্ত্র রক্ষী দরজা খুলে দিতেই ওকে চেপে ধরে হাত এবং মুখ বেঁধে দেওয়া হল। দুজনকে পাহারায় রেখে ওসি তিন জনকে নিয়ে বাড়ির ভিতর ঢুকে পরলেন। দোতলায় বসার ঘরে তিনজন মিলে মদের আসর বসিয়েছে, রিভলবার হাতে এতজনকে ঢুকতে দেখে উঠে পালাবার চেষ্টা করল। তিন জন দৌড়ে গিয়ে ওদের ধরে হাতে হাতকড়া পড়িয়ে দিল। রিভলবার তাক করে মেয়েদের কোথায় আটকে রেখেছে দেখাতে বলল, দেখা গেল পাশের একটা ঘরে মেয়েদের হাত পা বেঁধে রাখা হয়েছে। তাড়াতাড়ি গিয়ে ওদের বাঁধন খুলে মুক্ত করা হল, ওদের মধ্যেই সুমিতা সান্যাল কেও পাওয়া গেল। এই আকস্মিক মুক্তিতে ওরা যেন হাতে স্বর্গ পেল, আপ্লুত হয়ে পুলিশ কর্মীদের বুকে জড়িয়ে

ধরল। কান্নায় ভেঙ্গে পড়ে বলল এরা আমাদের সব লুট করেছে, কুকুরের মত বেঁধে রেখেছে, আপনারা আজ আমাদের কাছে সাক্ষাত ভগবান। এই দুজনকে ডেকে এনেছে আমাদের বিক্রি করে দেবে বলে, আপনারা এখন না এলে আমাদের কোথায় নিয়ে চলে যেত জানিনা। এদের যেন কোন রকম করুণা না করা হয়, ভীষণ কঠোর শাস্তি যেন এরা পায়, যাতে সারা জীবন মনে থাকে এবং আর কোন মেয়ের সর্বনাশ করার কথা যেন কল্পনাও করতে না পারে।

ওসি মেয়েদের মাথায় হাত বুলিয়ে দিয়ে বললেন, তোমাদের মনের অবস্থা আমরা সব বুঝতে পারছি, ভগবানের আশীর্বাদ না থাকলে আমরা আজ এই ভাবে উদ্ধার করতে পারতাম না। অপরাধী তিনজনকে হাতকড়া পড়িয়ে কনস্টেবলরা নিচে নিয়ে গেল থানায় নিয়ে যাবার জন্য। ওসি সাহেব মেয়েদের বললেন তাদের উদ্ধারের জন্যে সমস্ত কৃতিত্ব সুজয়ের এবং সব ধন্যবাদ ওরই প্রাপ্য, আমরা শুধু ওকে সাহায্য করেছি ওর কথামত কাজ করেছি। সুমিতার বাবা ওর কাছে সাহায্যের জন্য এসেছিলেন, ও যতটা সম্ভব করেছে। সুমিতা তোমার একটা কাজ ওকে ভীষণ সাহায্য করেছে, ওটা না হলে এত তাড়াতাড়ি এই ভাবে উদ্ধার করা সম্ভব হয়ত হত না। তুমি তোমার ফোন নম্বরটা ট্যাক্সির সামনের সীটের পিছনে লিখে দিয়েছিলে। সুমিতা বলল ওর কেন যেন মনে হয়েছিল কিছু একটা গণ্ডগোল আছে, বিস্কুট খাবার পর ওর শরীরে কিরকম অস্বস্তি হতে থাকে, ও লিপস্টিকটা বার করে ফোন নম্বরটা লিখে দেয়। ওসি বললেন ওটা খুব কাজে লেগেছে, এবং কি ভাবে সব কিছু ভালভাবে সম্পন্ন হল বুঝিয়ে বললেন। এবার বাড়ি ফেরার পালা। ওসি ওদের বললেন এই ঘটনা যেন কাউকে না জানায়, লোক সাহায্যের বদলে সমালোচনায় বেশি মাতবে। ওদের কোনরকম অসুবিধা হলে যেন তাঁকে জানায়, উনি ডাক্তারের সঙ্গে কথা বলে সব ব্যবস্থা করবেন।

সুজয়ের কাছে গোয়েন্দা হিসাবে এই সাফল্য অনেক তাৎপর্যপূর্ণ, তার মনোবল অনেক বাড়িয়ে দিল। আর্থিক দিক থেকেও লাভবান, ওই তিনজনের বাবা বেশ ভালই মুল্য চুকিয়েছেন। যে পরিস্থিতির ভেতর থেকে তাদের মেয়েদের উদ্ধার করে এনেছেন সুজয়, সে কথা মনে রেখে তারা চিরদিন তাকে সম্মান করবে, তারা সব সময় তার পাশে থাকবে। পরের দিন থেকে সময় পেলেই পাশের বাড়ির উপর তার নজর রাখার কাজ আরও জোরদার হল, তার স্থির বিশ্বাস চৌধুরী বাড়ির অন্দরে সব কিছু স্বাভাবিক ভাবে চলছে না। এই রকম একজন দাগী নারী পাচারকারী চৌধুরী বাড়িতে কি করে ঘোরাফেরা করছিল, বিশেষ করে চৌধুরী গিন্নী যখন তাকে একেবারেই পছন্দ করতেন না। সুকুমারের বউকেও আর দেখা যাচ্ছে না বেশ কিছু দিন, আবার বিশ্বনাথ দত্ত ধরা পড়ার পর বাড়িতে ট্রাকের আসা যাওয়াও যেন বন্ধ হয়ে গেছে। কোনটাই স্বাভাবিক ঘটনা বলে মনে হচ্ছে না। অবস্থাটা সরেজমিনে দেখার জন্য এবং আসল ব্যপারটা বোঝার জন্য সুজয় চৌধুরী বাড়িতে নিজেই গেল। বাড়িতে ঢুকতেই সুকুমারকে দেখতে পেল সামনের সিঁড়ির উপর বেশ হতাসভাবে বসে আছে এবং ওকে দেখেই বুঝতে অসুবিধা হয় না যে মানসিকভাবে ও ভীষণ বিপর্যস্ত। সুজয়ের প্রশ্নগুলো শুনে বলল যে ওর বউকে বাড়ি পৌঁছে দেবার নাম করে নিয়ে গেল, কিন্তু তারপর আর কোনও খবর পাই নি। আবার বিশ্বনাথ বাবু কি সব করেছে, তাকে পুলিশ ধরে নিয়ে গেছে। আমাদের এই কাজকারবার উনিই দেখাশোনা করতেন, ওঁর কথামত সব কিছু চলত, আর টাকাপয়সাও উনিই দিতেন। এখন তো সবই বন্ধ, এরপর কি ভাবে চলবে তাও জানিনা। সব কিছু শোনার পর সুজয় নিজেও বুঝল যে সুকুমারের উপর দিয়ে সত্যিই ঝড় বয়ে যাচ্ছে। ওকে বুঝিয়ে সুজিয়ে, একশোটা টাকা দিয়ে নিজের ফ্ল্যাটে ফিরে এলো। ওর মনের মধ্যে নানা রকম প্রশ্ন ঘুরপাক খেতে লাগল, ঠিকই করল অফিস ফেরত একবার ওসি সাহেবের সঙ্গে দেখা করে

সব জানাতে হবে। ওসি সব শুনে একটু চুপ করে থেকে বললেন, সমস্যা সত্যিই গভীর। আমরা নারী পাচার চক্রের জাল তোমার সহায়তায় ঐ ভাবে গুটিয়ে ফেলে আর মেয়েদের উদ্ধার করে ভাবছিলাম একটা বড় কাজ হল। এখন যা শুনছি চৌধুরী বাড়ির ভিতরের রহস্য নাকি ঘন অন্ধকারে ঢাকা, যার হদিস আমরা পাই নি। যে ভদ্রমহিলাকে তুমি ওখানে আলোচনা করতে দেখেছিলে বিশ্বনাথ এবং সুকুমারের সাথে, উনি নাকি চৌধুরী বাড়ির সেই পুত্রবধূ, যাকে ছেলে বিদেশে বিয়ে করেছিল। ওঁর কাছে প্রচুর তথ্য আছে, যে গুলো উনি জানিয়ে যেতে চান। বয়স বাড়ছে, কখন কি হয়ে যায় বলা যায় না। ওঁর উকিলের মারফত পুলিশ কমিশনার সাহেবের সাথে মিটিং ঠিক হয়েছে কাল সকাল দশটার সময়। সাহেব আমাকে ওখানে অবশ্যই থাকতে বলেছেন এবং সব কিছু ভাল করে বুঝে নিতে বলেছেন, যাতে আমাদের যা যা করণীয় সে ব্যাপারে কোন ফাঁক না থাকে এবং দোষীদের ব্যাপারে সবরকম ব্যবস্থা নেওয়া যায়। আমি তোমার কথা ওনাকে বলেছি আর নারী পাচার চক্রের লোকদের গ্রেপ্তারের ব্যাপারে তোমার ভুমিকার উনি প্রশংসা করেছেন। তুমি কাল আমার অফিসে ঠিক সময়ে এসে যাবে,যাতে দশটার খানিকটা আগেই আমরা ওনার অফিসে পৌঁছতে পারি।

পরের দিন ওসি এবং সুজয় ঠিক সময়েই কমিশনার সাহেবের অফিসে পৌঁছে গেল, ওদের কনফারেন্স রুমে বসতে বলা হল। ভদ্রমহিলা তখনও এসে পৌঁছন নি, উনি এলেই সাহেব আসবেন। ওই মিটিংএ আমিও ছিলাম, ওই জায়গাটা আমার এক্তিয়ারের মধ্যে পরে। অন্যান্য সিনিয়র অফিসাররাও ছিলেন। কমিশনার সাহেব এ ব্যাপারে কোন ফাঁক রাখতে চান নি, সমস্ত কিছু ভাল করে তলিয়ে বুঝে তবে এগতে হবে। ওনার মনে একটাই সংশয়, পুলিশের চোখে ধুলো দিয়ে কি এমন প্রতিদিন ঘটছে যা ভদ্রমহিলা জানাতে আসছেন। আগে

কেন জানান নি, কেনই বা এই আকস্মিক পরিবর্তন। আলোচনার পরই সব কিছু পরিষ্কার হবে।

প্রায় আধ ঘণ্টা পরে কমিশনার সাহেব ভদ্রমহিলাকে সঙ্গে নিয়ে এলেন। ভদ্রমহিলার সঙ্গে আরও একজন এসেছেন। সাহেব উপস্থিত সবাইকে নিজেদের পরিচয় জানাতে বললেন। পরিচয় পর্ব শেষ হলে ভদ্রমহিলার দিকে তাকিয়ে বললেন এঁরা সবাই পদস্থ পুলিশ অফিসার। আপনাকে সাহায্য করার জন্যই সবাই একত্রিত হয়েছেন, আপনি বিনা দ্বিধায় সব কিছু খুলে বলুন। আমরা কথা দিচ্ছি আপনি আমাদের কাছ থেকে যা কিছু সাহায্য আশা করছেন তা বাস্তবায়িত করতে আমরা সবাই মিলে যথাসাধ্য চেষ্টা নিশ্চয় করব।

ভদ্রমহিলা সবাইকে অভিবাদন জানিয়ে বললেন আমি বিখ্যাত চৌধুরী পরিবারের পুত্রবধূ, আমার নাম দীপিকা চৌধুরী। আমার স্বামী চৌধুরী পরিবারের একমাত্র সন্তান এবং নিয়ম অনুযায়ী সমস্ত বিষয় সম্পত্তির ভবিষ্যৎ উত্তরাধিকারী। কলকাতায় পড়াশুনা শেষ করার পর উচ্চশিক্ষার জন্য বাবা বিলেতে পাঠিয়ে দেন, ওখানে উনি আরও উচ্চশিক্ষা লাভ করেন এবং ডাক্তার হিসাবে যথেষ্ট প্রতিষ্ঠা লাভ করেন। ওই সূত্রেই আমার সঙ্গে পরিচয় এবং আমাদের আইন অনুযায়ী বিয়েও হয়, কিন্তু ওর বাবা মার সঙ্গে এ ব্যাপারে যোগাযোগ হয় নি। তখন উনি বিলেতেই সুপ্রতিষ্ঠিত তাই আমিও এ ব্যাপারে বেশি মাথা ঘামায়নি। তখন বয়সটা অনেক কম ছিল আর আমি নিজেও অফিস নিয়ে খুব ব্যস্ত ছিলাম। দিনগুলো ভালই কাটছিল, হঠাতই সবকিছু কেমন বদলে গেল। একবার কি যেন বিশেষ কাজে ওকে কলকাতা যেতে হল, সেব্যাপারে আমাকে কিছুই সেরকম ভাবে বলে নি বা আমাকে সঙ্গে নিয়েও যায় নি। আমার মনে কোন সন্দেহও হয় নি। তবে বেশ কয়েকদিন ওর মধ্যে কিছু পরিবর্তন লক্ষ্য করেছিলাম,

কেমন যেন চিন্তিত থাকত কথাও খুব কম বলত। যাই হোক আমি আর ওসব নিয়ে বেশি ভাবিনি।

একটু যেন দম নেওয়ার জন্য থামলেন। সবাই কে উদ্দেশ্য করে বললেন আমি আপনাদের থেকে একটু সময় চেয়ে নিচ্ছি। আপনারা হয়ত ভাবছেন এত কিছু জানার কি প্রয়োজন, আসল সমস্যাটা জানালেই তো হয়। আমি যা যা বলছি সবই আপনাদের জানা ভীষণ দরকার, না হলে আসল সমস্যাটা আপনারা কোনওমতেই ধরতে পারবেন না। তাই একটু আমায় সময় দিন, আপনারাই লাভবান হবেন। আমার সঙ্গে আমার আইনি পরামর্শদাতা এসেছেন, উনি এই মিটিঙের সব কিছুর ভিডিও রেকর্ডিং করছেন এবং তার কপি কমিশনার সাহেবকেও দেওয়া হবে। এত কিছু কেন করা হচ্ছে সব আমি জানাব, খালি একটু ধৈর্য ধরে আমার কথাগুলো শুনুন। আপনাদের বহুমূল্য সময়ের একটু আমাকে দিন, আপনারাই অনেক কিছু অজানা তথ্য জানতে পারবেন।

কমিশনার সাহেব বললেন আপনি নির্দ্বিধায় আমাদের সব কিছু খুলে বলুন, আপনার সহযোগিতা আমাদেরও দরকার, তাই আপনি সময় নিয়ে আমাদের সব কিছু জানান।

খানিকটা জল খেয়ে উনি আবার বলতে শুরু করলেন। যে কদিন ও ছিল না আমি আর ওকে বিরক্ত করিনি, কারন আমি জানতাম আমাদের এই সম্পর্কের কথা ওর বাবা মা জানতেন না। ও কিন্তু ফিরল এক বিরাট ঘূর্ণিঝড় নিয়ে, সঙ্গে তার বিয়ে করা নতুন অপরূপ সুন্দরী বউ। বাবা মা ওর বিয়ের সব ব্যবস্থা পাকা করেই ওকে ডেকে পাঠিয়েছিলেন, কারন ছেলের উপর ওনাদের অগাধ বিশ্বাস, তাই কোন কিছু জিজ্ঞেস করা বা মত নেওয়ার কথা মনে হয়নি। আমি অনেক কষ্টে চোখের জল আটকে ওদের আপ্যায়ন করে ঘরে নিয়ে

বসালাম। চা জলখাবার খাওয়ার পর নতুন বউকে বললাম কাপড় জামা পাল্টে একটু বিশ্রাম নিয়ে নিতে। আমার স্বামীকে নিয়ে অন্য ঘরে বসলাম। আমি আর কান্না চেপে রাখতে পারি নি, ওকে বললাম এ তুমি কি করলে, তুমি কি আমাকে ছেরে ওর সঙ্গে থাকবে বলে ঠিক করেছ। আমার হাত দুটো ধরে বলল আমরা একসঙ্গেই থাকব, ওকে অন্য একটা ফ্ল্যাটে থাকার ব্যবস্থা করছি। বাবা মা আমার বিয়ে ঠিক করে রেখেছিল, অনেক উচ্চবিত্ত পরিবারের মেয়ে তাই আমার কোন আপত্তিতে কান দেয় নি। আমি কান্নায় ভেঙ্গে পরে বললাম, তুমি বাবা মাকে খুশি করতে গিয়ে একটা এত সুন্দর মেয়ের জীবন নষ্ট করলে। ও এখন কি নিয়ে থাকবে, অবসাদে ভুগে কোন কিছু না করে বসে। একটা বিরাট ভুল করে ফেলেছ, এর মাশুলও আমাদেরই দিতে হবে একদিন। পরিণতির জন্য বছর দুয়েক মাত্র অপেক্ষা, তারপরই সেই অঘটন ঘটে গেল। আমার স্বামী নতুন বউকে নিয়ে কলকাতায় বাবা মার কাছে গেল, ওঁরা দেখতে চেয়েছেন। এটাই স্বাভাবিক, বিয়ের পর সব ঠিকমত চলছে কিনা জানাটা আবশ্যক। ফেরার সময় ছেলে একাই ফিরে আসে, বউমা জেদ ধরে ওখানেই থেকে গেছে। আমার আর বুঝতে বাকি ছিল না আসল সত্যটা মেয়েটি নিশ্চয় বাবা মাকে জানাবে, আর তারপর যা আশঙ্কা ছিল তাই ঘটবে। মেয়েটি বাবা, মার কাছে সব কিছু জানিয়ে দিয়েছিল এবং মাস দুয়েকের মধ্যে সেই সাংঘাতিক খবরও এল, মেয়েটি আত্মঘাতী হয়েছে। আমার স্বামীর বাবা মা শোকে বিধ্বস্ত। তার এই অপরাধের দায়, যার জন্য নিষ্পাপ একটি মেয়ে আত্মহত্যা করতে বাধ্য হয়েছে, নিজেদের কাঁধেই নিয়েছেন। কোন কিছু ভাল করে যাচাই না করে এইভাবে একটি নিষ্পাপ মেয়ের স্বপ্নকে গুঁড়িয়ে দেবার পাপের বোঝা তাদেরই আজীবন বয়ে যেতে হবে। সন্তানকে তাই কখনো ক্ষমা করতে পারবেন না। সব ঘটনা জানার পর ওকে ত্যাজ্য পুত্র করে পরিষ্কার জানিয়ে দিয়েছিলেন তার সঙ্গে আর বাবা - মায়ের কোনরকম সম্পর্ক

থাকবে না ।বিষয় সম্পত্তির উপরও তার আর কোনও অধিকার থাকবে না । তাকে সাবধানও করে দিয়েছিলেন সে যেন আর কোন দিন তাদের সাথে যোগাযোগ করার চেষ্টা না করে । আমাদের চলার পথেও যেন বেশ কিছু পরিবর্তন দেখা দিল। আমার স্বামী যেন একটু দুরে সরে যেতে লাগল, এবং ও একটা মানসিক অশান্তিতে যেন বিচলিত থাকত । ওর মনে হতে লাগল আমাদের বিয়েটাই ওর জীবনে এই দুর্যোগ ডেকে এনেছে, যার ফলে ওর নিজেদের পরিবারের এবং ওই মেয়েটির বাবা মায়ের বিশাল ধন সম্পত্তি থেকে ও বঞ্চিত হয়েছে । ওকে বার বার বুঝিয়েছি আমাদের বিয়ের জন্য এ সমস্যা হয় নি, বাবা মার কাছে সব কিছু গোপন রেখে আবার বিয়ে করাটা তার সব থেকে বড় ভুল এবং সেই ভুলেরই মাসুল আমরা গুনছি । ও যেন ধীরে ধীরে মানসিক অবসাদের শিকার হয়ে গেল, চাকরিবাকরিতেও তেমন মন নেই এবং একদিন ওর হাসপাতালের চাকরিটা চলেও গেল । তবুও ওর যেন কোন হুঁশ নেই। কিছুদিন পর ওকে নিয়ে ভারতে চলে এলাম । ওর বাবা মার বাড়ির কাছাকাছি একটা জায়গা দেখে বাড়ি ভাড়া নিয়ে থাকতে শুরু করলাম। আমার মাথায় তখন সব থেকে বর চিন্তা ওকে প্রয়োজনীয় সুচিকিৎসা করিয়ে জীবনটা আবার স্বাভাবিক করা ।

খবরাখবর নিয়ে একজন অভিজ্ঞ চিকিৎসকের কাছে নিয়ে গেলাম। উনি সব কিছু দেখেশুনে বিভিন্ন পরীক্ষা করে জানালেন, ওর যা অবস্থা সেটা স্বাভাবিক নয়। ওঁর দৃঢ় ধারনা ওকে সব থেকে আঘাত করেছে ওর বাবা মা ওকে অস্বীকার করাতে এবং সমস্ত কিছু থেকে বঞ্চিত করাতে, এখন সবরকম ভাবে চেষ্টা করতে হবে ওর মনের ওই ক্ষতটা মুছে ফেলতে। তাহলেই ও ধীরে ধীরে সুস্থ হয়ে উঠবে, শুধু ওষুধে কাজ হবে না বলেই আমার বিশ্বাস। বাড়ি ফিরে ওই চিন্তাই আমাকে গ্রাস করে ফেলল, নিজেকে ভীষণ অসহায় মনে হতে লাগল। আমার চারপাশে ও ছাড়া আর তো কেউ কোথাও নেই, ওকে ছাড়া আমিও বাঁচতে পারব না। আমার জীবন যাত্রায় এর ছাপ পরতে শুরু হল। আমাদের পাসের ফ্ল্যাটে একজন বয়স্ক ভদ্রলোক থাকতেন, উনি পেশায় আইনজীবী, আমাদের খোঁজ খবর নিতেন। আমার বয়সী ওঁর এক মেয়ে বছড়খানেক আগে গাড়ির অ্যাকসিডেন্টে মারা গেছে, তাই আমার উপর ওঁর ভীষণ টান ছিল। একদিন আমায় ডেকে জানতে চাইলেন কি সমস্যা হয়েছে। তুমি এরকম ভাবে মুষড়ে পড়েছ কেন, তোমার শরীরও ভীষণ দুর্বল, তোমাকে দেখেই বোঝা যাচ্ছে। চোখের কোনে কাল কালির ছাপ, তুমি নিশ্চয় বড় সমস্যার মধ্যে আছ। আমাকে নির্ভয়ে বলতে পার, আমি যথাসাধ্য সাহায্য করার চেষ্টা করব, তুমি আমার উপর নিশ্চিন্তে ভরসা রাখতে পার। আমি সবকিছু ওঁকে জানালাম। সব শুনে উনি বললেন, এ তো সত্যিই ভীষণ গভীর সমস্যা, এর সমাধান সুত্র আমার কাছে নেই, তবে আমি তোমাকে আমার এক মক্কেলের কাছে নিয়ে যাব, উনি হয়ত একটা রাস্তা বার করতে পারবেন। দিন দুয়েক বাদে আমাকে ওঁর মক্কেলের কাছে নিয়ে গেলেন, সব শুনে উনি বললেন আপনাকে এই বিপদ থেকে উদ্ধার করতে যথাসাধ্য চেষ্টা করব। আপনি লাখ সাতেক টাকা খরচা করার জন্য তৈরি থাকবেন, সম্পত্তি আপনার স্বামীর নামেই হয়ে যাবে। আরও বললেন যে, এই অঘটনের

জন্য শুধু আপনার স্বামী দায়ী নয়, ওর বাবা মাও দায় এড়াতে পারেন না। বাস্তব পরিস্থিতি না জেনে একরকম জোর করেই দ্বিতীয় বিয়েটা হয়ে গেছে, তার মাশুল আপনার স্বামীকেই গুনতে হচ্ছে। এরপর ওদের চাহিদামত কিছু টাকাও পাঠালাম। ইতিমধ্যে ওই ভদ্রলোক টাকার লোভ দেখিয়ে সুকুমারকে হাত করেছে এবং নানা খবর আমার কাছেও আসছিল। একদিন সরেজমিনে আসল পরিস্থিতি জানার জন্য চৌধুরী বাড়িতে হাজির হলাম, সুকুমার বাড়িতে ছিল না। ওর বউ আমাকে অনেক কিছু জানাল। ওই ভদ্রলোক একজন ডাক্তার এবং ধুরন্ধর অ্যাডভোকেটকে মোটা টাকার লোভ দেখিয়ে হাত করেছে, এবং ওই ডাক্তার কি সব ওষুধ আর ইনজেকশন দিয়ে চৌধুরী গিন্নির প্রাণ নিয়ে নিয়েছে, আবার একটা কাঁচের ঠাণ্ডা যন্ত্রের মধ্যে শুইয়ে রেখেছে।

সুকুমারের সঙ্গে পরে কথা বলে জানলাম ওকে মোটা টাকার লোভ দেখিয়ে অনেক কাজ করিয়ে নিয়েছে। আসলে ড্রাগের কারবার জোরদার চলছে এবং সেই জন্যই বাড়িতে ট্রাকের যাওয়া আসা, কয়েক লক্ষ টাকার ড্রাগসের প্যাকেট লুকিয়ে রাখা থাকে ওই ট্রাকের মধ্যে। আবার ওকে ধমকিও দিয়ে রেখেছে যে এসব কথা বাইরে কাউকে জানালে পুরো পরিবারের প্রান সংশয়ও হবে। লক্ষ লক্ষ টাকার এই চোরা কারবার সবার চোখের সামনে ঘটে যাচ্ছে, যাদের দেখবার দায়িত্ব, তাদের মোটা টাকা দিয়ে কেনা হয়ে যাচ্ছে। আমি দোটানায় ছিলাম। এইসব সমাজবিরোধীদের সঙ্গে হাত মিলিয়ে আমার স্বামীকে সুস্থ করার চেষ্টা করব, না একজন সৎ নাগরিক হিসাবে এদের মুখোশ সবার সামনে খুলে দেব। পরের দিন ওই ভদ্রলোক আমাকে ফোনে জানালেন যে সব ব্যবস্থা পাকা হয়ে গেছে, চৌধুরী গিন্নির আঙ্গুলের ছাপ দিয়ে ওনার অ্যাডভোকেট আমার স্বামীর নামে সব সম্পত্তি হস্তান্তর করে দেবেন। এর মধ্যে ব্যাঙ্ক এবং

অন্য সংস্থার পাঠান ইনস্পেক্টর এসে লিখিতভাবে জানিয়ে দিয়েছেন যে অসুস্থ থাকায় ওঁর আঙ্গুলের ছাপই গণ্য হবে। সেইমত ওঁর প্রাপ্য পেনশনও চালু আছে। এ সবের জন্য ভালই টাকা খরচ হয়েছে, তাই টাকা পাঠাবার ব্যবস্থা করতে বললেন।

একের পর এক ঘটে যাওয়া ঘটনাগুলো আমাকে ভীষণ নাড়িয়ে দিল। এরই মধ্যে আরও সব সাঙঘাতিক ঘটনার খবর কানে এলো। নারীপাচার কাণ্ডে ঐ ভদ্রলোককে এবং আরও দুজনকে আপনারা গ্রেপ্তার করেছেন। আর একটা ঘটনার কথা বোধহয় আপনাদের কাছে এখনো পৌঁছোয় নি। সুকুমারের বউ এসব কাজের প্রতিবাদ করায়, তাকে হত্যার ষড়যন্ত্র হয়ে ছিল। মালবোঝাই গাড়ি বাংলাদেশ যাওয়ার পথে তাকে বাড়ি পৌঁছে দেবে বলে নিয়ে যায়, আসলে যাওয়ার পথে তাকে হত্যা করে রাস্তার ধারে ফেলে দেওয়ার কথা ছিল। ভাগ্যভাল ব্যাপারটা আন্দাজ করে চলন্ত গাড়ি থেকেই লাফ দেয়, প্রানে বাঁচলেও ভালই আঘাত লাগে। তখন বাস ধরার জন্য বেশ কয়েকজন ওখানে অপেক্ষা করছিলেন, ওদের মধ্যে লোকাল দু তিন জন ওকে নিয়ে হাসপাতালে যান এবং চিকিৎসার ব্যবস্থা করেন। ওর কাছ থেকে সব কিছু শুনে বাড়ি পৌঁছে দেবেন বলেও জানান। ওরা নিশ্চয় ওকে পৌঁছে দেবেন। একের পর এক এই ঝরের ঝাপটায় আমিও কেমন যেন বেসামাল হয়ে গেলাম, স্বামী ঘুমিয়ে পরলে আমি ঘুমের ওষুধ খেয়ে শুয়ে পরলাম। সকালবেলা একটু দেরিতেই ঘুম থেকে উঠলাম। দেখলাম ও তখনও ঘুমিয়ে আছে, বিরক্ত না করে নিজের কাজ করতে লাগলাম, কারন ঘুমটা ওর খুব দরকার। বেলা বাড়লে ওকে জাগাবার চেষ্টা করলাম, কিন্তু অনেক চেষ্টা করেও সারা না পেয়ে ভীষণ ভয় পেয়ে গেলাম। আমার পাসের ফ্ল্যাটে যে বয়স্ক অ্যাডভোকেট থাকেন ওনাকে ডেকে আনলাম। উনি আমার মাথায় হাত বুলতে বুলতে বললেন, আমার ব্যাপারটা ভাল মনে হচ্ছে না,

এখনই হাসপাতালে নিয়ে যেতে হবে। তবে আমাদের এখানেই একজন পরিচিত অভিজ্ঞ ডাক্তার বাবু আছেন, তাঁকে নিয়ে আসছি। উনি এসে দুঃসংবাদটা দিলেন। ঘুমের ওষুধ বেশি মাত্রায় খেয়ে আত্মহত্যা করেছেন, দেখুন উনি কিছু লিখে গেছেন কিনা। ওর বালিশের নিচেই লেখাটা পেলাম যে, ওর বেঁচে থাকার আর কোন প্রয়োজন নেই, তাই চলে যাচ্ছে এবং আমাকে একা ফেলে চলে যাওয়ার জন্য ক্ষমাও চেয়ে নিয়েছে। আমি কন্নায় ভেঙ্গে পড়লাম। ভদ্রলোক বুকে জড়িয়ে আমাকে সান্তনা দিতে দিতে বললেন এখন অনেক পথ একা চলতে হবে, নিজের মনকে শক্ত করতে হবে, আমি তোমার পাশে সব সময় থাকব।

আবশ্যিক কাজ মেটার পর আমার একটা কথাই মনে হল, ও বোধহয় আমার চলার পথটা দেখিয়ে দিয়ে গেল। আমরা পৃথিবীতে খালি হাতে এসেছি, আবার খালি হাতেই ফিরে যাব, তাই এই কটা দিনের জন্য এত জঘন্য অপরাধের মধ্যে নিজেকে জড়ানোর কোনও অর্থ নেই। একটু লাভের জন্য এই জঘন্য অপরাধীদের সঙ্গে হাত মেলান আর তাদের চলার পথ সহজ করে দেওয়াটা এক ভয়ঙ্কর অপরাধ, তাই আমিও সে জন্য অপরাধী। আমার মনে আর কোন সংশয় থাকল না, আমি ঠিক করে ফেললাম, অপরাধ জগতের এই তথ্য গুলো আমি আপনাদের জানিয়ে যাব। আপনারা চাইলেই এই সব জঘন্য কর্মকাণ্ডের থেকে সমাজকে মুক্ত করতে পারবেন, আর এই জঘন্য অপরাধীদের উচিত শাস্তির ব্যবস্থা করে এই কালো মেঘের ভ্রূকুটি থেকে সবাইকে বাঁচাতে পারবেন। সে বিশ্বাস আমার আছে। আপনাদের এই কাজ দেশের হাজার হাজার পরবর্তী প্রজন্মের সদস্যদের কাছে হবে বিরাট আশীর্বাদ, আর আমিও আমার অপরাধের প্রায়শ্চিত্ত করে যেতে পারব। আপনারা চৌধুরী বাড়িতে একটু পুলিশ পাহারার ব্যবস্থা করুন, যাতে কেউ ওখান থেকে কিছু

সরাতে না পারে, কেউ যেন পালাতেও না পারে। পুলিশ পোস্টিং সঙ্গে সঙ্গে করা হল। সবার চোখে মুখে বিস্ময়ের ছাপ, পুলিশ প্রশাসনের চোখের সামনে এইসব মারাত্মক অপরাধ দিনের পর দিন কি করে ঘটে যাচ্ছে। কোথাও বিরাট ফাঁক থেকে যাচ্ছে।উনি ঠিকই বলেছেন, আমাদের কেউ কেউ নিশ্চয় টাকার বিনিময়ে ওদের চলার পথ সহজ করে দিচ্ছে, আমাদের অনেক বেশী সজাগ থাকতে হবে।

ভদ্রমহিলা হাত জোড় করে বললেন, আপনাদের অনেক সময় নিয়ে নিলাম, আমায় ক্ষমা করবেন। চোখের সামনে ঘটে যাওয়া এই জঘন্য অপরাধ গুলো দেখে নিজেকে সামলে রাখতে পারি নি। মনে হল আমরা চুপ করে থাকলে, সব কিছু মেনে নিলে অপরাধের এই কালো মেঘ সমাজ এবং দেশকে কালো অন্ধকারে ঢেকে দেবে। আমরা তো এক এক করে চলে যাব, কিন্তু আগামী প্রজন্মের সব স্বপ্ন, সব আশা এরা গুঁড়িয়ে তছনছ করে দেবে, এবং তার দায় আমাদেরই নিতে হবে। এবার আমি বিদায় নেব, কিন্তু আমি আপনাদের কাছ থেকে কিছু চেয়ে নেব, এটা আমার অন্তিম প্রার্থনাও বলতে পারেন। সুকুমারের বউকে আপনারা অবশ্যই উদ্ধার করবেন। ওকে যারা বাঁচিয়েছে আমি তাদের কাছে কৃতজ্ঞ, কিন্তু তারা যদি নাও নিয়ে আসতে পারে, আপনারা দয়া করে ওকে উদ্ধার করবেন। অসামাজিক কাজের প্রতিবাদ করার সাহস দেখিয়ে ও নিজের জীবনকে বিপন্ন করেছে। চৌধুরী পরিবারের ইচ্ছে অনুযায়ী তাদের বিষয় সম্পত্তি যেন ভাল কোন ওয়েলফেয়ার সংস্থার হাতে তুলে দেওয়া হয়। তারা যেন সমাজের সত্যিকারের দুঃস্থ এবং সহায়সম্বলহীনদের পাশে থাকে। আমার আর্থিক সম্পদের সমস্ত হিসাব এবং প্রয়োজনীয় কাগজপত্র আমার সঙ্গে আসা অ্যাডভোকেটের কাছে বুঝিয়ে দেওয়া আছে। ওনার সঙ্গী মাথা নেরে সম্মতি জানালেন। সুকুমারের বউ ফিরে আসার পর ওর থেকে পাঁচ লক্ষ টাকা যেন তাকে দেওয়া হয়, এবং

বাকি টাকা যে সংস্থা দুঃস্থদের দেখার ভার নেবে, তাদের হাতে যেন তুলে দেওয়া হয় । সুকুমারের বউয়ের যতদিন ভালভাবে জীবন ধারনের ব্যবস্থা না হচ্ছে, পুলিশ প্রশাসন যেন তার ভার নেয় । ওই ওয়েলফেয়ার সংস্থায় ওর একটা ব্যবস্থা করে দিলে ভাল হবে । সুকুমার কিন্তু এদের সঙ্গে হাত মেলায় নি বা কোন ভাবে সাহায্যও করে নি । ওরা দারিদ্র্যের সুযোগ নিয়ে টাকার লোভ দেখিয়ে ওর মুখটা বন্ধ করেছে । ওকে যেন ওর আগের জীবনে ফিরতে দেওয়া হয় । ওরা দুজনে মিলে আবার যেন সুখী জীবন কাটাতে পারে, এই আমার একান্ত প্রার্থনা ।

আসল দোষীদের যেন কঠোর শাস্তির ব্যবস্থা হয়, যাতে এই পাপের পথে চলার আর সাহস না পায় । টাকার লোভে যে আইনজীবী, ডাক্তার, পুলিশ কর্মচারীরা ওদের সঙ্গে হাত মিলিয়েছে, তারাও যেন উচিত শাস্তি পায় । আমার কাজ শেষ, এবার আমি বিদায় নেব । আমার আইনজীবী সব কিছুর ভি ডি ও রেকর্ড করেছেন । আপনাদের হাতে তুলে দেবেন, আপনাদের প্রয়োজনমত। । ওনাকে সেটা জানিয়ে

দেবেন। উনি আমার পক্ষে কোর্টেও পোঁছে দেবেন। আমি আমার অপরাধের জন্য নিজেকে মৃত্যুদণ্ড দিয়েছি, তাই এবার বিদায় নেব। আমার বলা সব কথা, প্রার্থনা এবং সব কিছু যেন আমার মৃত্যুকালীন জবানবন্দি হিসাবে স্বীকার করা হয় এবং যথাযথ মান্যতা দেওয়া হয়। আপনারা সবাই এর সাক্ষী থাকলেন। বক্তব্য শেষ করে বাঁ হাতের একটা আঙ্গুলে থাকা আংটি মুখে নিয়ে চুষতে চুষতে চেয়ারের উপরই ঢলে পড়লেন। এই আকস্মিক ঘটনায় সবাই স্তম্ভিত হয়ে গেল। কমিশনার সাহেব ওঁর সঙ্গে আসা আইনজীবী এবং দুজন পুলিশ অফিসারকে বললেন ওঁকে সময় নষ্ট না করে হাঁসপাতালে নিয়ে যেতে। উনি নিজে সিনিয়র অফিসারদের নিয়ে চৌধুরী বাড়ির উদ্দেশ্যে বেড়িয়ে গেলেন। ভদ্রমহিলার কথামত সব কিছুই ওখানে পাওয়া গেল। প্রায় দশ লক্ষ টাকার ড্রাগস তখনও মজুত ছিল। বুঝতে অসুবিধা নেই কোটি কোটি টাকার কারবার চলছিল। দোতলায় গিয়ে চৌধুরী গিন্নীর কাঁচের ফ্রিজে রাখা দেহও উদ্ধার হল। সবাই বিস্ময়ে হতবাক। এত কিছু ঘটে গেছে, অথচ কেউ কিছু জানতেও পারেনি, পুলিশ প্রশাসনের তরফে একটা অমার্জনীয় গাফিলতি। সবাইকে সজাগ হতে হবে। কমিশনার বললেন এর জন্য যারা দায়ী তাদের বিরুদ্ধে কঠোর ব্যবস্থা নিতে হবে, যাতে সবার হুঁশ ফেরে, ভদ্রমহিলা আমাদের চোখ খুলে দিয়েছেন।

বার বিরুদ্ধে যথাযথ ব্যবস্থাও নেওয়া হল। বাড়ি এবং অন্যান্য সম্পত্তি একটা ভাল সংগঠন, যারা অনাথ শিশুদের দেখাশোনা করে এবং বড় করে তুলছে, তাদের হাতে তুলে দেওয়া হল। সুকুমারের বউকেও দুজন এসে পৌঁছে দিয়ে গেল। ভদ্রমহিলার কথামত তার সব ব্যবস্থাও করা হল। বিচারে নারী পাচার, হত্যার ষড়যন্ত্র, এবং ড্রাগস চোরাকারবারের জন্য বিশ্বনাথ দত্তর যাবজ্জীবন কারাদণ্ড এবং অর্থদণ্ড হল। ওর সহযোগী দুজনের যথাযথ শাস্তি হল। হত্যার

অপরাধে ডাক্তারের সশ্রম কারাদণ্ড হল । ভদ্রমহিলার আবেদন অনুযায়ী সুকুমারের এক বছরের কারাদণ্ড হল । সুকুমার এবং তার বউয়ের ওই সংগঠনে কাজের ব্যবস্থা করা হল । ওরা ভালোভাবেই দিন কাটাতে লাগল ।

এই ঘটনা শুধু পুলিশের বড় কর্তাদেরই চোখ খুলে দেয় নি, সমাজের সবাইকেই অনেক কিছু শিখিয়ে দিয়েছে । আমরা সব সময় আশপাশের সবাইয়ের কাজের সমালোচনায় সময় কাটাই, নিজেদের দিকে তাকাতে ভুলে যাই । সবথেকে এখন বড় দরকার এই নিজেদের করা কাজের এবং মানসিকতার কঠোর বিশ্লেষণ । তবেই সত্যিকারের সরল, সাবলীল এবং কলুষহীন সমাজ গঠনের আশা সফল হবে । আগামী দিনের ছেলেমেয়েদের বাঁচান যাবে অন্যায়, অবিচার আর দুর্নীতির ঘন কালো মেঘের ভ্রূকুটি থেকে। সবাইকে কি পাইনির হিসাব না কষে, সমাজকে কি দেওয়া হয় নি তার হিসাব মেলাতে হবে। তাহলে কাউকে আর পিছন ফিরে তাকাতে হবে না ।

www.ingramcontent.com/pod-product-compliance
Lightning Source LLC
La Vergne TN
LVHW060256051026
849517LV00003B/823
* 9 7 9 8 8 8 5 3 0 4 0 4 7 *